財神門徒

之15

冤家路窄

劉晉成 著

財神徒門

目錄

第一章 惡龍壓毒蛇 005

第二章 慈善拍賣會 027

第三章 洩漏藏身之地 049

第四章 蕾絲邊情結？ 075

第五章 異常體質 103

第六章 達成夙願的機會 131

第七章 無邊的憤怒之火 143

第八章 一統的雄心壯志 175

第九章 工地的反撲 197

第十章 藍顏知己 231

第一章

惡龍壓毒蛇

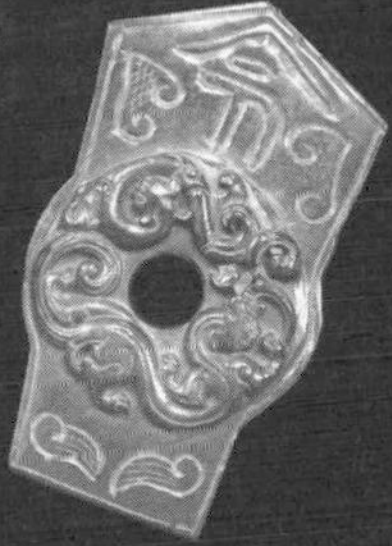

金河谷雖然不是什麼高雅之人，但大家族有大家族的規矩，
他從小就要遵守家族裏的各項規矩，形成了一定的修養，
見到李家三兄弟這副粗鄙的模樣，心裏面十分不高興，
認為應該是找錯人了，
就這三個人，如何能鎮得住工地上的那群「毒蛇」！

「金總，蘇城那邊的事情如何處理？」關曉柔指的是國際教育園的工人打群架事情，齊寶祥一早已經給總經理辦公室打了無數個電話，齊寶祥是被打怕了，不敢在那裏待下去了，乞求金河谷能找個人替他，而金河谷又堅決不同意，不接他的電話，他只有請關曉柔幫忙。

金河谷沒說話，盯著關曉柔，半晌才似笑非笑的開口說了一句，「依你看該怎麼處理呢？」

關曉柔假裝沉吟思慮，其實那些話她早已想好了，便說道：「齊寶祥這個人不能再用了，他對付老老實實的順民的確是有一套，但拿他那套對付石萬河給咱們的那幫痞子工，卻是無法奏效的。」

金河谷點了點頭，覺得關曉柔說的有幾分道理，示意她繼續說下去。

關曉柔便繼續說道：「橫人還需橫人治，金總，咱們必須得找出比那幫工人更橫的人去管理工地，那樣才能壓得住那幫工人。齊寶祥就是條泥鰍，讓他去跟毒蛇鬥，那怎麼會有好結果，咱們要找的是惡龍，讓惡龍壓制毒蛇！」

金河谷臉色的笑意更濃了，歎道：「曉柔，真沒瞧出來啊，你還真能做我的好軍師呢。說得好啊，只有惡龍才能鎮得住一窩毒蛇，要不是專案還沒做完，我真想把那窩毒蛇連窩給端了。」

金河谷已經在心裏物色惡龍的人選了，只是考慮了幾個都被他否定了。

「金總，我想你應該早已經想好解決問題的辦法了吧，今早一進來，我就見你笑臉盈盈的。」關曉柔試探性的去從金河谷嘴裏套話。

金河谷果然上了鉤，他就是經不住誇。哈哈笑道：「那是自然，曉柔，要不怎麼說你能當我的軍師呢，咱倆是想到一塊兒去了。對了，有件事情你要替我親自去走一趟。」

關曉柔從中嗅出了味道，金河谷接下來說的才是對她有用的話。

「你帶著這份資料，去省公安廳找祖相庭副廳長，只要把資料交給他就是了，其他的不要多問也不要多說，速去速回！」金河谷把從萬源那裏拿來的資料送到了關曉柔的手裏，牛皮紙袋裏裝著她不知道的東西。

關曉柔伸手接了過來，問道：「金總，我如何才能見到祖廳長呢？」衙門深似海，尤其是這種大衙門，可不是誰都能進去的。

金河谷道：「你到了之後給我打個電話，自然會有人帶你進去。好了，事不宜遲，你現在就去辦吧，速去速回。」他本來想親自去的，但因為要回蘇城處理工人群毆的事情，只能讓關曉柔代勞，對於關曉柔這個女人，他雖不是完全信任，但也算得上非常信任，以為只要給足了她好處，這女人便只會一心向著他，他知道這女人對他的感情一向都是非常深的。

關曉柔沒有停留，把資料鄭重的放進了手袋裏，離開了公司。她開著她的紅色小寶馬出了公司，為了避免金河谷起疑，她一路沒停，上了通往省城的高速公路，才給江小媚打了個電話。

「小媚姐，說話方便嗎？」

關曉柔相當謹慎，為達到擊垮金河谷的目的，她不得不步步為營，為自己和盟友的安全考慮。

江小媚不在金氏地產，與朋友約在外面喝茶，接到關曉柔的電話就找了個沒人的地方才開口，「方便。」

關曉柔道：「金河谷要我帶一個資料袋去省公安廳，我覺得裏面應該有點東西。小媚姐，我該怎麼辦，要不要打開看看？」

江小媚想了一下，這的確是個巨大的誘惑，一個不知裝了什麼的文件袋，顯得是那麼的神秘，任誰都有一種想要打開一看的衝動。然而，這會不會是金河谷設下的圈套呢？

「曉柔，文件袋封口沒？」

關曉柔的喘息有些急促，「沒有。」這也正是誘使她想打開一看的原因之一。

江小娟道：「身邊有手套沒？」

關曉柔包裹放了一雙手套，江南五月的天氣已經很熱了，天上的太陽毒辣辣的，像她這樣愛美且擅於保養的女人早已準備了手套、太陽傘之類的防曬品，沉聲說道：「有，怎麼了？」

江小娟道：「如果你想看看裏面裝的是什麼，那麼就戴上手套打開看，以免留下指紋。」

不是江小娟多慮了，而是的確有這種可能，萬一是金河谷試探關曉柔的圈套，留下了指紋，便是留下了證據。

關曉柔道：「小娟姐，還是你想得周到，幸好給你打了個電話，否則我可能就要走錯一步了。」

「路上開車小心，有情況隨時打給我。」

江小娟收了線，一轉身，沉靜如水的臉上又恢復了職業性的笑容，走過去繼續與朋友喝茶，邊喝邊聊。

關曉柔走後，金河谷就給祖相庭打了個電話。祖相庭原先只是蘇城的一個員警，後來被金河谷的父親金大川看重，悉心培養，幫助祖相庭打通了一條坦蕩的仕途。祖相庭有了金家這個強大的家族做後台，步步高升，青雲直上，四十多歲便已升做了江省公安廳的副廳長。

祖相庭尊金大川為兄長，金河谷便稱他為叔。祖相庭知道自己能有今天與金家有莫大的關係，如果不是背後靠著這棵大樹，他是想也不敢想會有今天的，所以對金家的事情向來看作是自己的事情，利用手中的職權，為金家解決了許多麻煩事。多年以來，金氏玉石行從沒遭遇過一起搶劫案，這與祖相庭的庇佑是大有關係的。

祖相庭聽了金河谷的話之後，以為金河谷只是要給一個人辦個身分證，這對他而言不是難事，也沒問金河谷要給誰辦，在電話裏就答應了下來。祖相庭沒問，金河谷也沒說，就讓祖相庭看到資料後自己打電話過來問他吧，反正他剛才已經答應了下來，金河谷心想無非是多費些唇舌，祖相庭最終還是會幫忙的，因為他知道他欠金家的大恩，就算要他一條命也是還不清的。

關曉柔開車到了省城寧城，已經是下午兩三點了，按照導航儀上的路線找到了公安廳，停好車之後便立馬給金河谷打了個電話。

「金總，我現在就在公安廳的外面。」

金河谷已經在蘇城了，接到關曉柔的電話，要關曉柔去大門外面等著，馬上會有人下去帶她進去。掛了電話，金河谷便給祖相庭打了一個電話過去，祖相庭吩咐秘書去把關曉柔帶到辦公室來。

公安廳的辦公樓和大門都是新的，大門外擺著兩尊石獅子，呈怒吼狀，看一眼便讓人感受得到它的威嚴。關曉柔只在門口等了三分鐘，便有人一路小跑過來，那人朝門外掃了一眼，便把目光停留在了關曉柔的身上。

「請問是關小姐嗎？」祖相庭的秘書安思危上前問道。

關曉柔朝安思危臉上看了一眼，三十歲不到的安思危長相斯文，帶著一副眼鏡，穿著威嚴的警服，但看上去卻是一副和藹的模樣，給人以親切的感覺，第一印象很好，只覺得這小員警不會說話，現在打招呼還有在人家的姓氏後面加小姐的嗎？太不禮貌了！

「你好，我叫關曉柔。」

安思危面皮居然一紅，側身讓開，「關小姐，請進吧。」他是看不得漂亮女子對他笑的，像關曉柔這樣的大美人對他展顏一笑，立馬一顆心就忽上忽下的怦怦直跳。

關曉柔瞧見了安思危臉色的變化，心裏一陣鄙視，心想不會是遇上了一個連女孩的手都沒牽過的雛男吧？

「警官，我叫關曉柔，請稱呼我的名字就好了。」關曉柔實在是不喜歡「關小姐」這個稱呼，容易讓她想起石萬河，石萬河就是那麼稱呼她的。

安思危的臉色更加紅了，一路上一言不發，直到把關曉柔帶到了祖相庭辦公室的門口，才說道：「關……曉柔，請進吧，這就是祖廳長的辦公室。」

關曉柔沒等他說完就進去了，祖相庭見她進來，放下手裏的筆，目無表情的看著關曉柔。官做得越大，他臉上的表情就越少，心越來越冷，就連肌肉也似乎萎縮了似的，似乎連笑都很難笑出來了。

關曉柔也不奇怪，人家官大事忙，便雙手把資料放在了安思危的辦公桌上，「祖廳長，這是我們金總吩咐我給您送來的，告辭。」

祖相庭點了點頭，連站都沒站起來，更別提送關曉柔了。

安思危把她送到大門外，一路上依舊是一言不發，關曉柔上車前回頭朝他笑道：「哎，小員警，我問你哦，是不是你們機關裏的大老爺們都不會笑啊？你們廳長擺官架子也就罷了，你也繃著個臉，怕我會吃了你嗎？」

安思危立馬把頭搖得跟撥浪鼓似的，咧嘴嘿嘿嘿笑了起來。

關曉柔上了車，把門一關，發動了車子，本想開車離開，但見安思危還站在她的車旁，覺得這小員警有些意思，便在便簽紙上寫下了自己的手機號碼，搖下車窗，遞給了他。

安思危拿著那張便簽紙，看著上面歪七扭八的十一位數字，傻傻的笑了出來。人說字如其人，這話看來也不對，至少在關曉柔的身上是得不到驗證的，那麼漂亮的一個人，居然寫出的字那麼醜。

關曉柔在下高速之後便找了個地方打開了牛皮紙袋，戴上手套把裏面的文件取了出來。她沒有細看，用手機拍了照，立馬就把文件放進了牛皮紙袋裏，打算回去之後再細細看。

關曉柔走後不久，祖相庭就把牛皮紙袋打開了，看了看裏面的文件，大感震驚，才知道事情並非如金河谷說的那麼好辦的，立馬拎起桌上的電話。電話一接通，就對著金河谷吼道：「你小子這是想幹嘛？你知不知道這人是通緝犯？」

金河谷早知祖相庭會打電話來興師問罪，不急不忙的緩緩說道：「叔叔，你別急啊，要不是這事情不好辦，我也不會勞煩您啊！」

「這事辦不了！」祖相庭鼻孔裏出氣，哼道。

金河谷笑得陰惻惻的，「叔叔，看來你還沒把我當自己的孩子看待啊，去年小秋開車撞死了人，那時你多緊張，出了多大的力，輪到我這兒有事了，你一句辦不了就把我打發了。好啊，叔叔，那我就不麻煩你了，我去找老爺子了，讓老爺子求你行了吧！」

金河谷故意把那個「求」字拖得老長，他知道金大川是治祖相庭這種病的良藥，只要把金大川搬出來，祖相庭肯定會立馬答應，就算是再借祖相庭十個膽子，祖相庭也不敢違逆金大川的意思。祖相庭知道金大川是什麼人物，他能把自己送到現在的這個位置上，也能把他拉下來。

「河谷，你讓我想想，這個事情不大好辦。你莫要驚動你爸爸，他身體不好，不要讓他操心。」祖相庭果然在金河谷提起金大川之後，態度立馬就來了個大轉變。金大川對他恩重如山，如同再生父母，十分疼愛金河谷，這事情要真是鬧到了金大川那兒，祖相庭估計最後還是得他出馬解決。

金河谷笑道：「叔叔，好叔叔，那侄兒就先謝謝你了。回頭告訴小秋，他要的跑車我給他弄來了，叫他有空過來開回去。」

掛了電話，祖相庭頹然的躺在椅子上，雙眼微闔。他祖相庭這輩子是沒法跟金家脫離關係了，金家對他有恩，他不得不報。但卻不想讓兒子祖秋也跟金家扯上關係，他怕興也因金家，敗也因金家。誰知祖秋卻不聽他的話，與金河谷走得很近，二人以兄弟相稱。金河谷有錢，經常帶他出入聲色犬馬之地，使祖秋養了全身的富家公子的腐朽之氣。

祖相庭知道他們父子是被金家套住了，只能盼著金家無事，只要大樹不倒，他們父子這兩棵小樹就有遮風遮雨的靠山。他閉上眼睛想了一會兒，既然事情必須要做，那就得做得漂亮。給在逃的通緝犯做個新身分不是件容易的事，他必須得小心謹慎，一個不小心就會被對手攥住把柄，那可就麻煩了。這件事做起來牽扯到一連串的人，祖相庭手指敲擊著桌面，陷入了沉思當中。

關曉柔開車回到溪州市，天已經黑了，她給金河谷打了個電話，彙報了一下情況，金河谷還在蘇城。關曉柔又給江小媚打了電話，約她看文件袋裏的是什麼東西，江小媚讓關曉柔開車去她家裏。

過了半個小時，關曉柔就開車到了江小媚家，一進門，關曉柔就以略帶緊張與興奮的聲音告訴江小媚，「小媚姐，裏面的東西我還沒看，我用手機拍下來了，我們一起看吧。」

江小媚把她帶進書房裏，把手機連接到電腦上，打開裏面的照片，江小媚一眼就認出了萬源。雖然萬源現在臉上多了一條長長的傷疤，而且模樣也變了不少，臉更瘦了，皮膚更黑，但還是被江小媚一眼認出來了。

在汪海經營金鼎建設的前身亨通地產的時候，萬源經常出現在亨通地產，可以說是汪海最鐵的哥兒們。江小媚見過萬源無數次，對他的印象十分深刻，絕對不會認錯。

「是他……」

關曉柔連忙問道：「小媚姐，這個人是誰？你認識嗎？」

金河谷為什麼要接觸萬源，江小媚心裏已經產生了一個模糊的想法，從金河谷要關曉柔送去公安廳的資料來看，分明就是給萬源辦新身分的。萬源回來了，這兩人分明已經勾結在一起了，他們又在暗地裏有什麼壞主意呢？

「照片上這個人叫萬源，是個通緝犯，以前也是溪州市的一個風雲人物。」江小媚說道。

關曉柔頓時覺得這件事關係重大，興奮的說道：「小媚姐，金河谷給通緝犯辦假身分，我終於等到打垮他的機會了！」

江小媚搖了搖頭，「曉柔，不要輕舉妄動，事情不是你想的那麼簡單的，你以為僅憑手中的這點資料就能扳倒金河谷嗎？那是絕對不可能的。與其把資料拿出來揭發他，倒不如握在手裏，關鍵時刻，至少可以作為震懾金河谷的一張牌。」

關曉柔心有不甘，「難道說我這些都白忙活了嗎？」

「金家在公安廳都有人，說不定上面也有人，你不是跟金河谷一個人在戰鬥，你是跟金家那一條線上的人在鬥爭，這份資料分量雖重，卻不足以扳倒金河谷，到頭來很可能遭到金河谷的反咬，得不償失。」

關曉柔沉默了許久，才歎了口氣，似乎接受了這個事實，從她失望的表情中可以看出，她本來是滿懷希望的。

「不過既然找到了這個頭，咱們就可以順藤摸瓜，等到搜集到鐵證，金河谷想抵賴也沒法抵賴。」江小媚說道。

關曉柔的眼睛一亮，心裏重新燃起了希望，「小媚姐，怎麼搜集？」

「密切關注金河谷最近的去向，咱們可以從萬源入手。」江小媚心想萬源既然回來了，肯定與林東有關，與金河谷相比，萬源才是一顆危險的炸彈，隨時可能爆炸。

關曉柔決定採用江小媚的建議，從萬源身上入手，隔山打牛。

「曉柔，你現在要做的就是密切注意金河谷最近的動作，包括他和誰聯繫了，他去了哪裏，這些都是找到萬源的線索。」江小媚看著關曉柔說道。

關曉柔點了點頭，「小媚姐，我知道怎麼做的，好了，不早了，我不打擾你休息了。」

江小媚把關曉柔的手機從資料線上拔了下來，她偷偷把剛才的那幾張照片複製了下來，把關曉柔送出了門，她就立馬聯繫了林東。

「萬源回來了！」江小媚沒有一句廢話，在電話裏開門見山的說道。

林東心裏咯噔一下，聽到這則消息之後，立馬聯想到了呂冰給他畫的那張跟蹤他的人的素描，心想那人跟萬源一定脫不了關係，很有可能是萬源派來跟蹤他的。

「小媚，你是怎麼知道萬源回來的？」林東一句話就問中了要點。

江小媚把關曉柔的事情說了出來，林東才知道她成功在金河谷身邊安插了一枚棋子。

「金河谷要為萬源辦新的身分。」林東沉吟說道，心想這兩人居然走到了一起，那麼促成他倆狼狽為奸的原因只有一個，那就是他們共同的敵人都是他林東！

一個金河谷已經夠他頭疼的了，林東只想一門心思的做好自己的事情，根本無心與他爭鬥，現在又多了一個藏在暗處的萬源，這一明一暗都在算計著他，已將他逼到了不得不考慮怎麼防備與還擊的地步了。

「人不犯我我不犯人，人若犯我我必犯人！」林東捏緊了拳頭，心中暗自發狠道。

江小媚見林東在電話另一頭沉默不語，小聲說道：「林總，我總覺得萬源回來會對你不利，你要小心呀。」

林東微微一笑，「小媚，你自己多保重。萬源他既然回來了，也省得我去找他了。放他生路他不走，非得要自掘墳墓。」

江小媚道：「那我掛了，一有消息我就會通知你。」

話說金河谷回到蘇城之後，開車去了拘留所，祖相庭已經給蘇城市公安局打了電話，要他們放了拘留的鬧事工人。金河谷本想立馬就把工人領回去的，但一想這夥人在他的工地上鬧事，耽誤了工期不說，還打傷了他的手下，實在是罪不可恕，於是到了拘留所的門口又回去了。

金河谷打算在沒有找到能鎮得住這群「毒蛇」的「惡龍」之前，先讓他們吃幾頓牢飯，在裏面受點苦頭，好好磨一磨他們的銳氣。他左思右想，也沒能想到一個好的人選，後來便向家族的前輩打聽，那前輩要他去找李家三兄弟。

說一說李家三兄弟的狀況吧，他的叔叔李老瘸子年老體弱，雖然名義上仍然是蘇城道上的三大老大之一，但從哪一方面來看他都是西山上的太陽，根本無法與高紅軍和郁天龍分庭抗禮。就連李老瘸子一向固守的西郊地盤也被逐漸的侵蝕，漸漸就快連立足之地都快沒了。李老瘸子心灰意冷，這半年以來，多數時間都在家養病，也不再過問道上的事情了。

李老瘸子無子，李家三兄弟是他的親侄兒，便把所有的事務交給這哥仨兒處理。李家三兄弟這半年多來一直在與高紅軍以及郁天龍的人做鬥爭，三兄弟呈現出前所未有的團結之勢，就像擰成一根繩的三股線，膽子比以前更大，下手比以前更狠，李老瘸子名聲日下，而這三兄弟卻是越混名頭越大。其中的原因李家三兄弟自個兒明白，這一切都是被逼的。

他們就像被趕到了草原邊緣的一小股狼群，再不拿出狠勁來，這草原就沒他們的覓食之地了。為了捍衛這僅剩的生存之地，他們必須像狼一樣去戰鬥。

金河谷找到李家三兄弟的時候，這哥仨兒正在衛生所裏包紮傷口。李老大的膀子上挨了一刀，肉都翻開了，露出裏面的白肉。李老二是背後挨了一刀，傷口不深，但很長，出了不少的血。李老三沒什麼大礙，只是臉有點青，鼻子有點歪。這哥仨兒除了李老三長進不大，依舊那麼慫之外，李老大和李老二都已經成熟了許多，能夠算得上是頂天立地的好漢。

在衛生所裏，金河谷一句話沒說，給他們哥仨兒每人遞上一支煙。

等到哥仨兒處理完傷口，到了衛生所外面，李老大開口說道：「如果我沒看錯，這位是玉石行金家的大公子吧，金大少，你找我們有什麼事嗎？」

金河谷的到來，讓李家哥仨兒大感詫異，他們李家與金家素來沒什麼來往，不知道金河谷來找他們是為了什麼。

金河谷笑道：「小弟素來敬重李家三兄弟，今天特來拜訪，這裏不是說話的地方，三位若是賞臉，就讓我做東請三位吃頓飯如何？」

李家三兄弟對這種事情素來不推辭，本來從衛生所出來就打算去吃飯的，既然有人請客，那豈有推辭的道理。

「行啊，金大少給咱兄弟臉，咱兄弟還有啥好說的，前頭帶路。」李老大笑道。

金河谷道：「我看前面不遠就有一家魚館，三位覺得那地方怎麼樣？」

李老大笑道：「那是這附近最好的館子了，走吧。」

金河谷上了車，李家三兄弟也各自跨上了摩托車，四人駕車到了兩里外的魚館，下車後金河谷便走進去要了一間包廂。對於李家三兄弟的能耐，金河谷的心裏還是打著問號的，光從這三兄弟的體格來看，比尋常人還不如，一個比一個瘦，尤其是李老三，瘦得只剩一把骨頭了。

李家三兄弟走進魚館，大堂裏有一桌人的目光就齊刷刷的朝他投了過來，惡狠狠的眼神像是跟他們有什麼解不開的深仇大恨似的。

李家哥仨兒也瞧見了他們，視若無睹，直接朝金河谷訂好的包廂走去。

金河谷已要了一桌最高檔次的酒席，李家三兄弟進來，他就熱情的招呼他們入座。李家三兄弟大喇喇的坐了下來，他們都是無拘無束的灑脫之流，一個個坐沒坐相，站沒站樣。李老大把小拇指伸進鼻孔裏挖鼻屎，李老二在掏耳朵，李老三則脫了鞋摳他的臭腳丫。

金河谷雖然不是什麼高雅之人，但大家族有大家族的規矩，他從小就要遵守家族裏的各項規矩，形成了一定的修養，見到李家三兄弟這副粗鄙的模樣，心裏面十分不高興，認為應該是找錯人了，就這三個人，如何能鎮得住工地上的那群「毒蛇」！

金河谷臉上掛著他此刻的情緒，與李家三兄弟很少交流，端起酒杯和他們走了幾個回合之後便不再說話了。他正想著找個藉口離開這裏，與其在李家三兄弟身上浪費時間，倒不如好好利用時間去找真正的「惡龍」。

李家三兄弟也不理他，哥仨兒正喝得起勁，只聽轟隆一聲巨響，包廂的門被踹開了，門外十來條漢子個個手裏都提著傢伙，有的是折凳，有的是啤酒瓶，還有的是鐵棒之類的武器。

金河谷被眼前的陣勢嚇呆了，這門外的十來人個個殺氣騰騰，要是衝進來一通亂打，難保不會傷到他，正準備站起來和李家三兄弟劃清界限，李老大卻在他前頭站了起來，對著門外說道：「諸位，冤有頭債有主，裏面這位與各位無冤無仇，有什麼衝我們哥仨兒來，讓他出去，事情與他無關，不要為難他。」

門外的這十來人是一個諢號叫「蠻牛」的混混的弟兄，這蠻牛是西郊新崛起的勢力，妄圖與李家三兄弟爭地盤，交手數次，輸多贏少。這次見李家三兄弟沒帶人來這裏，而且身上掛著傷，蠻牛心想這是個好機會，在外面大堂裏等了一會兒，見果然沒人來找李家三兄弟，於是就帶著手下的弟兄上樓來尋釁生事。

蠻牛站在最前面，橫眉豎眼的朝金河谷看了一眼，「他是你的朋友不？」

李老大道：「還談不上是朋友。」

蠻牛微微一笑，「李老大，你當我傻啊，放他出去，是幫你搬救兵嗎？兄弟們上，給我往死裏打！」

聽了這聲怒吼，金河谷幾乎是下意識的往桌子底下鑽。上面乒乒乒乒的響個不停，而他只看著門口那個方向，一旦那裏沒人了，他就以最快的速度從桌底鑽出來衝出去，逃離這個危險的地方。

半個多小時之後，包廂裏的喊打喊殺聲減弱了，又過了一會兒，這聲音徹底沒了，包廂裏安靜得可怕，只聽得見幾個人粗重的喘息聲。

「金大少，出來吧，你安全了。」

是李老大的聲音。

金河谷惶惶然從桌底鑽了出來，四處看了看，除了滿室的狼藉，就只有虛弱的李家哥仨兒。金河谷一看這情況，立馬就明白了，李家哥仨兒帶傷把蠻牛十來人給打跑了，在敵我實力懸殊那麼大的情況之下，李家三兄弟不逃不躲，硬是打退了蠻牛那幫人，這戰力實在是可怕啊！

第二章 慈善拍賣會

林東不知道今天的善舉會給自己帶來什麼，
只是覺得做了一件令自己感到開心的事情。
一年之後在他不知情的情況下，在偏遠的山區裏，
有一個以他姓名命名的學校誕生了。

金河谷開始重新審視這李家的哥仨兒，想起剛才這哥仨兒的仗義，如果剛才不是李家三兄弟的拚死保護，別說躲在桌子底下了，就算是躲進地磚裏，蠻牛那幫人也能把他揪出來。

「三位不要緊吧？」

李老大擺擺手，「死不了，金大少，這裏不宜久留，咱們撤吧。」

說完，李家三兄弟就帶著金河谷離開了，到了飯店外面，李家三兄弟上了摩托車，金河谷則開車一直跟在他們後面。李家三兄弟依舊是先去衛生所處理傷口，然後就騎摩托車回家了，金河谷一直跟到李家哥仨兒的家裏。

李老大開口就問：「金大少，你到底有啥事？直說吧。」

金河谷道：「實不相瞞，的確是有點事情想要三位幫忙，我在國際教育園那兒有個工地，可是工人都是刺頭，經常打架，全都被公安局給拘留了。」

李老三一聽這話，蹦到跟前，「金大少，怎麼？你還想讓咱哥仨兒幫你去劫獄？」

金河谷趕緊搖頭，「哪能是那樣，是想你們幫我看工地。錢嘛，你們說個數，我只要這工地盡早完工。」

李老三聽說隨意開價碼，心裏就有了想法，朝他大哥望去。

李老大道：「只是些普通的工人嗎？」

金河谷點點頭，「都是工人，都是會鬧事的工人，一般人鎮不住他們，所以我才來找三位幫忙的。」

李老大臉上浮現出一抹笑意。金河谷暗裏誇了他們哥仨兒，這令他非常得意，「好，這事就交給我們兄弟辦了，一口價，一個月十萬！」

金河谷想都沒想，立馬答應了李老大的要求。「十萬就十萬！還有什麼要求沒有？」

李老大道：「先預付半年的薪水。」

金河谷心想，萬一這三人拿了他半年的薪水卻不做事，那他豈不就虧大了，猶豫了一下。說道：「李老大，這不符合規矩吧？哪有事情還沒做就先要錢的。」

李老大搖搖頭，「我的規矩就是先拿錢後做事。這是我們道上的規矩，你既然來請我，是你來請我，你就得按照道上的規矩辦事。」

李老三附和道：「是啊是啊，這和砍人是一碼事，哪有砍完人再給錢的，都是砍之前就給了錢的。」

金河谷道：「你們這麼一說我就明白了，砍人那先給的也是定金吧，這樣吧，就先給你們三個月的薪水。怎麼樣？」

李老大笑了笑，「行啊，那就這樣吧。」

金河谷從李老大那兒要到了銀行帳號，「李老大，三十萬明天就匯到你賬上。請注意查收。」

李老大點點頭，「不送了。」

金河谷離開了李家，對於李家三兄弟的凶狠，他現在是一點都不懷疑，這三兄弟就是他要找的「惡龍」！

「大哥，你真要替金河谷辦事啊？」

沉默了許久的李老二開口問道。

李老大道：「眼下正缺錢，這錢掙得輕鬆，為啥不賺？」

李老二緘口不語，金河谷是個什麼東西，他是有所耳聞的。此時他在考慮一個問題，要不要把這事情跟林東說一說？這李老二自從屢次在賭博上敗給林東之後，便一直死纏爛打，一而再再而三的要求林東與他賭錢，而在這過程之中，他的心漸漸對林東臣服了。

「二哥，想啥呢？趕緊洗洗睡吧。」李老三打了個哈欠，朝屋裏走去。

李老二朝李老大看了一眼，「大哥，咱不能就這麼讓蠻牛吃一回，我現在就去召集人手，今晚就去找蠻牛算賬，非要他小子知道厲害。」

李老大道：「老二，你小心點。」

李老二跨上了摩托車，一溜煙走了。

李老三拿著毛巾從屋裏走出來，看著門口，「大哥，二哥這是幹啥去了？」

李老大道：「沒事，他去辦點事，你趕緊睡吧。」

李老二離開家門之後，先是找了個地方給林東打了個電話。

「林小子，金河谷找我們三兄弟給他看工地，我知道他是你的死敵，有什麼需要我做的嗎？」

林東接到李老二的電話大感詫異，說道：「我和他的事情自己會解決，沒什麼需要你幫忙的，李老二，謝謝你。」

李老二掛了電話，開車就去找人去了，今晚註定要讓蠻牛睡不安穩！

第二天一早，金河谷就去了看守所，把鬧事的工人從裏面領了出來，一輛大卡車把人全部運回了工地上。李家三兄弟也到了，金河谷把工人們召集起來。

「各位先別忙著幹活，先聽我說幾句啊。兩件事，第一，希望大家以後和睦相處，不要再鬧事，看守所裏的飯菜不好吃吧？第二，向各位介紹幾個人。」金河谷把李家三兄弟請到前面，「以後各位有什麼事情就找這三位，他們三位以後就負責管理工地。」

對於李家三兄弟一個人沒帶就過來了，金河谷心裏是有些不滿的，他想他們三個再怎麼能打，終究雙拳難敵四手，怎麼可能是那麼多工人的對手。李老大告訴金河谷，打架鬥狠這種事情向來靠的不是人多，而是誰狠，誰不怕死。

金河谷聽得將信將疑，但看李家三兄弟一副成竹在胸的模樣，心裏信了幾分，畢竟打架鬥毆這種事，李家三兄弟才是行家。

事情宣佈完畢，金河谷大手一揮，就讓工人們幹活去了，然後把工地上的事情交代了一下，就開車離開了。

李家三兄弟在工地上蹓躂了一圈，就知道接手的這個攤子不是好管的，這些工人的目光裏都帶著狠勁，似乎都在憋著，今天不爆發，遲早也會鬧出事來。李老三則認為不過是一群工人，沒什麼可怕的，殊不知正是他頤指氣使的高傲姿態埋下了隱患，成為釀成第二次工地混戰的催化劑。

李老二滿眼佈滿血絲，面容疲倦，一看便知是一晚上沒睡好。

「老二，蠻牛怎麼樣了？」

李老二冷哼一聲，「他？醫院裏躺著呢。」

李老大拍拍他的肩膀，「以後注意點，下手別不知輕重，出了人命那就完了。」

吳門醫館內，林東的左臂放在吳長青身前的案子上。對面吳長青面沉如水，眉頭緊鎖。

過了一會兒，吳長青收回了手。

林東趕緊問道：「吳老，我體內的邪氣可有增減？」

吳長青方才用心為林東號脈，此刻頭上冒出細密的汗珠，拿出手絹擦了擦，又喝了一口茶水，這才開口說道：「小林啊，老頭子也不瞞你，你體內的邪氣有增無減啊。」

林東早有準備，聽了這話，臉上露出一笑：「吳老，我早有準備，你不必為我擔心了。叨擾許久，這就告辭了。」

林東站起來要走，被吳長青一把拉住了。

「小林，你等等，我有東西要給你。」

說罷，吳長青轉身就進了裏屋，過了一會兒，左右兩手各拿了一樣東西走了出來。左手拿的是一本薄薄的小冊子，右手托著一隻小木匣子。

「這兩樣東西你收好。」吳長青把東西交到林東手裏：「這本小冊子是內家功法的入門手冊，上面記載了呼吸吐納之術，你照著上面修煉，對於養氣很有幫助。另外這個小木匣子，裏面裝了七七四十九顆固元丹，固本培元有奇效。」

林東見吳長青面色凝重，知道這兩樣東西都是稀罕之物，當下不知說什麼是好，對吳長青的感激之情在內心之中澎湃洶湧。而他不知的是，這兩樣東西可以說是吳長青的珍寶了，那本內家功法的小冊子是吳長青師傅傳給他的，是姑蘇醫門的重寶，實乃上乘的內家功法，而那四十九顆的固元丹更是不可多得的寶貝，是用九九八十一種名貴的中草藥提煉而成，其中有幾種原料近十年來已是非常難尋。

「吳老，叫我說什麼是好。」

吳長青臉上露出長者和藹的微笑，說道：「小林啊，如果你心裏對我心存一點感激，那就用心的去學習小冊子上面的內家功法。」

林東鄭重點了點頭：「吳老，林東一定用心鑽研。」

吳長青擺擺手：「你事情多，我就不送你了。」

從吳門醫館出來，林東坐進車裏就將小冊子翻開看了看，這套內家功法的入門手冊看上去並不是那麼深奧，一眼就能明白，但修煉起來卻不是那麼容易的，幾乎涉及到了他一天內所要做的所有事情，怎麼走路，怎麼睡覺，怎麼呼吸，上面都有明確的要求。

那紫棕色的小木匣子，林東拿在手中細細看了一會兒，便知這木匣子也不是俗物，應該是有些年代的老東西了，因為瞳孔中的藍芒似乎能從裏面吸收到微弱的靈氣。

打開一看，匣子內部巧奪天工，分為七層，每層放了七顆固元丹。匣子打開之後，一股濃郁的藥香便撲進了鼻中，只是那麼聞一下，便讓人覺得神清氣爽。

必不是俗品！

林東記得吳長青的話，固元丹要在清晨七點之前服用，每三日吃一顆。眼下已經是中午了，這固元丹是不能吃了，但小冊子上的內家功法卻是可以修煉的，他翻開記載有關坐姿的那一頁，按照上面的要求一一做好，然後發動車子離開了吳門醫館。

回到金鼎建設公司，周雲平就給他送來了一張請柬，並說道：「老闆，這是金河谷派人送來的，金家在溪州市又開了一家珠寶店，今天是開幕的日子，晚上會有晚宴，你去還是不去？」

林東打開請柬看了一下：「既然人家發帖子請了，如果不去的話就顯得小氣了。小周，你替我準備一份禮物，我要帶去給金河谷。」

周雲平點了點頭，然後立馬就出去辦事去了。林東離開辦公室，去公租房專案的工地上轉了一圈，回來的時候已經是傍晚了，看到桌上有個包裝精美的禮盒，便知道是周雲平給他準備的禮物。

晚上七點，林東準時到了金河谷安排舉行晚宴的酒店，金河谷和關曉柔站在門外迎客，郎才女貌，尤其是金河谷，更是春風得意的模樣。林東朝門口走去，金河谷老遠就瞧見了他，等林東走到門口，一把抓住了林東的手。

「林總，真沒想到你會來啊。」

林東笑道：「金大少發了請帖了，我不來就是不給面子，當然要來了。」說著，把帶來的禮物送了過去，金河谷朝關曉柔看了一眼，關曉柔立馬伸手把禮接了過來。

「來就來，幹嗎還帶東西過來？太破費了。」金河谷把林東的手握得更緊了。

「一點意思，小小心意。」林東還以一笑。

金河谷道：「今晚一定吃好喝好，我還要迎客，就先失陪了。」

二人親切的就像是好朋友似的，旁人根本看不出他倆像是有過結的人。

金河谷今晚對他表現出來的熱情也是出乎林東的預料的，在剛才與金河谷短暫幾秒的對視當中，林東從他的眼睛裏沒有看到仇恨，有的只是憐憫，金河谷的眼神，讓他背後涼颼颼的，那眼神就像是看著地上垂死掙扎的貓。

林東深吸了一口氣，心道看來金河谷已經把我當成將死之人了。

進了宴會廳，林東便覺得有目光朝他投來，果然轉頭一看，看到江小媚正端著紅酒杯往他看來。林東端起一杯酒，緩緩朝她走去，今晚所來的賓客當中，幾乎全是溪州市的名流政要，金家是江省的名門望族，從今晚的場面就能看得出來這種世家大族的名望有多深厚。

打了一路的招呼，林東才與江小媚碰面。二人各自會意，找了個相對偏僻的角落，小聲的交談起來。

「金河谷最近有什麼動靜？」

江小媚晃了晃杯中的紅酒：「他一門心思撲在國際教育園的那個專案上，上次工人鬧事，最近找了李家三兄弟看場子，聽說工地上風平浪靜了好幾天了，這李家三兄弟還真是有些門道。」

「他的其他動向呢？」

「暫時還沒有摸到，關曉柔正在調查，一有消息，我會立馬通知你。」

二人為了避免金河谷起疑，短暫交流之後便散開了，各自去人群中尋找熟人。

晚上八點，宴會準時開始。

今晚的宴會不僅僅是吃頓飯那麼簡單，金河谷還準備了幾個節目，在幾個令人眼花繚亂的歌舞表演之後，金河谷登上了台，宣佈今晚最激動人心的時刻來臨了。

台下是溪州市電視台和各大報社的記者，鎂光燈對著他，金河谷早已習慣面帶微笑。

「金氏玉石行溪州市七店能順利開張，與在場諸位同仁的鼎力支持是分不開的。為此，今晚我特意帶來幾樣名貴珠寶進行拍賣，所得善款將悉數捐給慈善機構，用於資助貧困山區的孩子上學。」

金河谷說完，台下鎂光燈四閃，賓客席區更是響起了雷鳴般的掌聲。

金河谷今晚準備充分，還請到了江省希望工程的負責人郭奎山。這個矮胖高瘦的中年漢子是全國知名的慈善先鋒，郭奎山家中十分富裕，但他一心撲在慈善事業上面，不僅將家財散盡，而且還將自己大半生的時間奉獻給了慈善事業，在江省乃至全國都有非常好的名聲。

「今晚就由郭主席做個見證，所得善款，我將當場交給郭主席。」

金河谷說完，站在他身旁的郭奎山往前邁出一步，朝台下的賓客深深鞠了一躬。郭奎山抬起頭，滿是皺紋的臉上綻放出一絲微笑，這個本是富家公子的漢子捨棄了家中富裕安逸的生活，為了慈善事業常年在外奔波，他的足跡踏遍了偏遠的山區，他的臉龐飽經風吹雨打，歲月的風霜在他臉上留下了比實際年齡蒼老的痕跡。

「很多人對我的身世都比較瞭解，也因此有許多人對我產生了濃厚的興趣，不論我走到哪裏，總是會有人問我，你放棄家中安樂的生活不要，為什麼要往深山老林裏跑，這不是自找罪受嗎？其實我想告訴大家，我從未覺得我做的事情是自找罪受，相反我覺得這是非常有意義的事情。有個詞叫助人為樂，我想這說的正是我最大的感受，做了二十幾年慈善，我收獲的是快樂。每當看到輟學孩子重新回到教室臉上綻放出來的笑容，每當看到孤寡老人在幸福院的笑……我的心裏便是滿滿的快樂與滿足。

「不知道各位有沒有考慮過一個問題，金錢的作用到底是什麼？是滿足自身欲望的工具，還是彰顯社會地位的籌碼，抑或是其他種種原因？對我而言，金錢的作用只有一個，那就是幫助他人！能力越大責任越大，今天在座的各位都是成功人士，我希望各位能夠慷慨解囊，用自己的愛心為許許多多需要幫助的人送去一份溫暖。」

郭奎山說完又是深深鞠了一躬，抬起頭時，眼中淚光閃爍。這樣一位心懷大愛的人士，身上總是有那麼一股子感染力。

金河谷首先展示出的是一件瑪瑙項鏈，色澤光亮明豔，一看便知是上乘的貨色。

「諸位，這就是今晚展示出來的第一件珠寶，起價十萬！」金河谷停頓了一下「我宣佈，慈善競拍現在開始！」

金河谷請來那麼多電視台和報社記者的用意很明顯，今晚競拍成功的人士自然可以露個臉，說不定還會成為明天報紙和電視的熱點人物。這個時候，無論是出於獻愛心還是為了揚名，台下賓客區的有錢人都搶著出價了。

然後，台下還有為數不少的人，他們對競拍似乎一點興趣都沒有，三五成群在一塊交流著什麼，連看也不看此刻熱鬧的場面。這些人有個共同的身分，全部都是吃公家飯的公家人。

競拍這種張揚的炫富方式他們是不會參加的，為了保持人民公僕的形象，他們看上去連好衣服都不敢穿。有一種奢華就叫低調，這些人身上穿的看似不起眼，實際上卻都價值不菲，而他們手腕上的腕錶和腰上的皮帶則更是好東西，動輒幾萬幾十萬。

與這夥公家人一起沉默的還有林東，他坐在那裏，慢慢的品著杯中的紅酒，看著眼前熱鬧的場面，對金河谷的設計和安排大感佩服。心想如果金河谷能夠多花點心思在正途上，那還真的能夠成為他強勁的對手。

第一件瑪瑙翡翠的拍賣已經進行了十分鐘，價格也從起拍價二十萬飆升到了一百萬。這個價格似乎已經到了頂，貴賓區前面的一人已經站了起來，笑得滿臉肥肉亂顫，碩大的腦袋頂在頭上，一看便知是個腦滿腸肥的傢伙。

林東認識這人，是個煤老闆，手上有兩三個礦，有錢得很，據說最喜歡參加這種慈善拍賣會，只要他出過價的東西就一定要拿到手。林東朝台上的郭奎山望了一眼，郭奎山正看著貴賓區前面的那個煤老闆，眉頭緊鎖，看得出他對目前這種情況很不喜歡。

當金河谷喊到一百萬兩次的時候，林東舉牌站了起來：「一百五十萬！」

嘩……

宴會廳中頓時安靜了下來，不少人調頭朝他望去，有不認識的開始互相打聽這年輕人是誰。郭奎山站在台上，目光停留在林東的身上，雖然隔得有些遠，但是二人的目光卻在空中完成了一次交接。郭奎山的眉頭鎖得更深了。

金河谷也是微微錯愕，他根本沒有想到林東會參與競拍，心道難道是這傢伙善心大發，要捐點錢嗎？

「一百五十萬一次……」

唰！

煤老闆騰的從座位上站了起來：「兩百萬！」

這下連金河谷都驚呆了，剛才還是一百萬的價，不到半分鐘，這串進價才三千塊的瑪瑙項鏈就排出了兩百萬的高價。

「兩百五十萬！」林東不卑不亢的刷新了最高拍價。

煤老闆的肥臉上冒出了汗，心想這次玩大了，但是他袁大頭開過價的東西就一定要拿到，於是硬著頭皮，高舉手中的牌子，以吃奶的力氣喊出了高八度的聲音

「三百萬——」

金河谷一時驚得忘了報價，這個情景讓他想起了一年前在蘇城的時候，也是金家辦的一個拍賣會，而林東似乎也曾幹過同樣的事情。他馬上明白了過來，朝煤老闆袁大頭看了一眼，那眼神彷彿是在說，袁大頭啊，你真是個冤大頭。

袁大頭挺起胸脯，挑釁似的看著林東。

林東遠遠的朝袁大頭鞠了一躬，面帶微笑，緩緩坐了下來。

金河谷拿起錘子：「三百萬一次，三百萬兩次，三百萬三次……成交！」

砰！

一錘定音。

袁大頭呆若木雞似的站在那兒，似乎是傻了，方才臉上囂張跋扈的表情帶著一絲悔恨凝結在臉上，看到林東朝他鞠躬的一剎那，他彷彿明白自己真的做了一回袁大頭了。

賓客區在座的有不少都看袁大頭不順眼，當金河谷喊出「成交」這兩個字的時候，那些人拿出了最大的熱情，鼓掌把手都拍紅了。

「感謝袁老闆慷慨解囊！」

瑪瑙項鏈拍出了金河谷想也未想過的高價，不管林東使了什麼手段，這個結果對他都沒有什麼壞處。拍賣還在繼續，金河谷一抬眼朝林東那裏望去的時候，那個座位已經空了。

在剛才熱鬧的掌聲之中，林東從宴會廳的另一個出口走了，這個晚宴對他而言已經結束了。他的「詭計」可以一而不可再，是袁大頭的囂張讓他臨時決定給袁大頭一個教訓的，沒想到故技重施，這個袁大頭居然真的上當了。如果袁大頭剛才不玩了，那兩百五十萬可就得他買單了。林東心想這種極為冒險的事情以後還是不要做的好，僥倖成功一兩次不代表什麼時候都能成功。

剛出宴會廳沒走幾步，就聽身後傳來急促的腳步聲。

「這位先生，請留步！」

林東轉身望去，原來是郭奎山在叫他。

「郭先生，有事嗎？」

郭奎山走到近前，握住林東的手：「剛才多謝你了，能籌集到那麼多的錢，你的功勞很大。」

林東尷尬的笑了笑，知道自己的小算盤早已被郭奎山識破了，也就無需隱瞞，說道：「郭先生，這是我應該做的。對了，你等我一下。」

林東找了個地方，從懷中掏出支票本，唰唰寫了一串數字，然後私下裏遞給了郭奎山。「為慈善，我也想盡點力。」

郭奎山一看支票上的數字，驚訝的張大了嘴巴，林東竟然給了他一張三百萬的支票！他對眼前的年輕人有了更深的瞭解，他與宴會廳裏面的人不是同路人，他要的是純粹的慈善，不需要借慈善的外衣來宣傳自己。

「能告訴我為什麼嗎？」郭奎山問道。

林東笑了一笑：「很簡單，就像你說的，多做善事會感到很幸福，很滿足。」

「你是我的知心人。」郭奎山這樣說道：「這筆錢用去了哪裏，我都會做記錄，你等著，我會讓你感受得到今天所做的一切有多麼的偉大！」

林東從未懷疑過郭奎山會將善款挪用，對於郭奎山，他心裏有的只是尊敬，「郭主席，這就不必了，我相信你能將善款的每一分錢都用在慈善事業上。」

郭奎山歎了口氣，連連搖頭，心裏實在是有太多的心酸無法與外人道也。

前些年鬧出紅十字會亂用善款購置豪車的醜聞風波，其實何止是紅十字會，就連他們希望工程這種情況其實也是存在的。在這舉世皆濁唯我獨清的時代，郭奎山僅憑一己之力，又怎能扭轉這不正之風！他的感歎也正是源於此，機構內部人人互相傾軋，想做事的人做不了事，今天遇到林東這樣的人，令他大感欣慰，總算是遇到了知心之人，這樣的人太少，因而也顯得彌足珍貴。

林東見郭奎山不說話，微微一笑，「郭主席，我還有些事情要做，先失陪了。你也趕緊回去吧，裏面還等著你呢。」

林東轉身欲走，郭奎山回過神來，見他已經走到了酒店門口，放聲問道：「小夥子，你叫什麼名字？」

好似離得太遠，林東似乎沒有聽到，郭奎山眼巴巴的看了很久，直到林東消失在了視線之中，也沒有得到回答。郭奎山有些急了，這三百萬的善款可不是個小數目，必須要有個來頭，不知道林東的名字這可怎麼辦！

急切中追到了門外，林東已開車離去了。

郭奎山站在外面愣了許久，才想起剛才放入懷中的支票，看到了上面林東的簽名，臉上露出了一絲笑容。

林東不知道今天的善舉會給自己帶來什麼，只是覺得做了一件令自己感到開心的事情。一年之後，在他不知情的情況下，在偏遠的山區裏，有一個以他姓名命名的學校誕生了。從此十里八鄉的孩子們都知道，在遙遠的東部沿海地區，有一位姓林名東的大善人了。

第三章 洩漏藏身之地

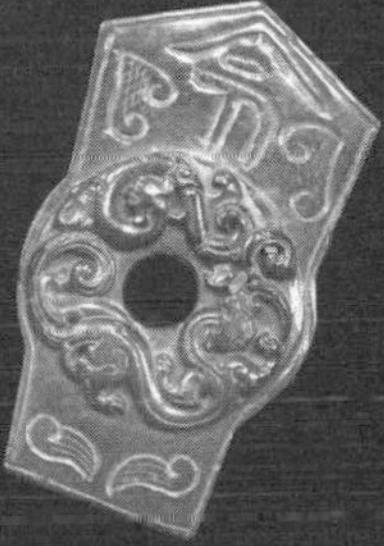

姓林的為什麼會知道我藏在梅山別墅裏？

萬源陷入了沉思當中，他想到了很多種可能，懷疑是金河谷透露了消息，但隨即又否定了這個想法，如果是金河谷想他落網，其實根本用不著那麼麻煩。而除了金河谷之外，根本沒有其他人知道他的藏身之地，為什麼林東會找到他呢？

扎伊從牆頭上躍下來，院子裏火光跳躍，映著萬源紅黑色的臉龐。

「人來了嗎？」

扎伊嘴裏唔唔哈哈的說著一些誰也聽不懂的話，萬源點了點頭，從火堆上面的架子上割下一大塊烤羊肉，隨手朝扎伊丟去。扎伊眼中閃出貪婪的光芒，一個跳躍，便把烤羊肉抓在手裏，蹲到一旁啃噬起來了。

瞧見扎伊那貪婪的吃相，萬源想起了曾經養過的一隻狼犬。這人和動物的吃相實在是太像了，萬源不禁心生感慨，好在有這麼個聽話的野獸一般的野人供他差遣使喚，否則還真不知該如何是好。

萬源靠在椅子上，腳旁的火堆不斷傳來熱量，烤得他舒舒服服的。

過了一會兒，就聽門外傳來了發動機的聲音，他睜開眼瞧見扎伊已經把一塊烤羊肉吃完了，眼睛正直勾勾的看著前面火堆上的烤羊肉。

萬源指了指門口，「扎伊，去把門打開。」

扎伊蹲在地上的兩腿一彈，似青蛙似的，幾個起落，已落在離剛才十幾米外的大門口。門一拉，兩道車光射了進來，發動機響了幾聲熄了，接下來燈光也熄了。

金河谷從車上下來，扎伊一見是他，全身緊繃的肌肉這才放鬆下來，扭頭對著萬源依依呀呀的直叫喚。萬源招招手，「扎伊，回來吧，我知道了。」

扎伊回到原地，繼續蹲在那兒，萬源又割下一塊羊肉給他，「吃吧，吃飽了好做事，肉不多了，天氣太熱，擱不住東西，明天一早，你還得去抓點能吃的回來。」

扎伊抓起肉，狼吞虎嚥的咀嚼起來。對於現在的生活，扎伊是非常滿意的，在這裏有大房子可以住，不用被風吹雨打，這裏沒有毒蛇猛獸，不會威脅到他的安全，最重要的是這座山上有很多的小動物，可以抓來果腹充饑，且味道十分鮮美。

而萬源與這個野人不同，他從小錦衣玉食，過的是人上人的生活，這半年多逃亡流浪的生活他實在過膩了，幾次死裏逃生，更加讓他明白生命的重要性，不論身處多麼艱難的困境，他都告訴自己要堅強的活下來，只有活下來，才有希望。

萬源很後悔當初與汪海一起對付林東，如果不是參與了此事，他現在仍會是東華娛樂公司的董事長，過著他原本應該過的好日子，醉生夢死，還有女明星陪伴。

金河谷是怒氣沖沖的走進院子裏的，扎伊對人的情緒的感知力異於常人，金河谷進院子的時候，他放下了手中的烤羊肉，抬起頭朝金河谷望去，見這傢伙一臉的煞氣，以為是要對他的主人不利，立馬做好了戰鬥準備，把短刀從懷裏摸了出來。

「扎伊，不要緊張。」萬源一聲怒喝。

金河谷走到他跟前，厲聲質問道：「姓萬的，這麼晚了找我做什麼？」

金河谷今晚招待賓客，喝了很多的酒，頭腦暈乎乎的，本想回去睡覺，卻在取車的時候發現了單臂吊在房頂廢水管道上的扎伊，扎伊扔下了一張字條，然後就上演了一幕真實版的人猿泰山，在空中蕩來蕩去，飛速的去了。

金河谷打開一看，只見紙條上只有兩個字：「速來。」他氣得把字條撕成碎片，本想開車回家，但走到半路，又轉個彎朝梅山別墅開來。這萬源就如鬼影子一般，有扎伊在他身邊，他走到哪裏，萬源都能找到他。

萬源聞到空氣中濃濃的酒氣，呵呵一笑，「喲，原來是喝酒了，難怪脾氣那麼衝。金老弟，來，喝杯茶解解酒。」說完，就給金河谷倒了一杯茶。

金河谷還真是有點渴了，酒喝多了就感覺到嗓子裏乾得難受，端起來咕嘟咕嘟喝了個光，喝完之後才感覺到這茶苦的厲害，連忙問道：「你這是茶嗎？怎麼那麼苦？」

萬源乾笑了兩聲，「苦嗎？喝多了就習慣了。金老弟，現在知道老哥的苦了吧！我整天困在這小院子裏，出去散散步都不敢，這是人過的日子嗎？其實今晚把你叫過來沒別的事情，就是想問問你上次拜託你的事辦得怎麼樣了。」

金河谷明白萬源說的是什麼事情，說道：「這事情急不來，你又不是不知道你現在是什麼身分，通緝犯在逃啊！給你這種人辦新的身分，那豈是容易的？要打通一條線上的人！」

萬源瞇著眼睛看著他，「這事對別人而言的確是難事，難道對你金河谷而言也會是難事嗎？你們金家根深葉大，別說省裏，就連京裏都有人吧？金老弟，你權當幫老哥一個忙，儘快把新身分辦給我，你給了我要的東西之後，我保證讓姓林的見不到第三天的太陽。」

金河谷見萬源催他，打了個酒嗝，「你以為老子不想讓林東早死嗎？不瞞你說，這傢伙今晚還幹了一件令我不爽的事情。有他在的地方，他就要出盡風頭，老子心裏很不爽！」

晚上林東在慈善晚宴上的表現雖然短暫的只有不到兩分鐘的時間，但卻是鋒芒盡露出盡了風頭，讓賓客們都記住了他。這點讓金河谷感到十分的憋屈，他才是今晚的主角，林東的出現令他有種被喧賓奪主的感覺。

萬源瞧破了他的心思，嘿嘿一笑，「金大少，你跟一個將要死的人還生什麼氣？」

金河谷吐了口痰在地上，「話雖是那麼說，可我就是咽不下這口氣！」

「氣不過，那你就儘快把新身分辦給我，那樣我就能早點結束了姓林的生命，從此以後，他就再也不能讓你心煩了。」萬源又把話題繞到了這兒。

金河谷打了個酒嗝，裝出七分醉的模樣，「萬總，你還有沒有其他事情了？我晚上喝得多，快撐不住了。」

萬源朝扎伊望去，低吼一聲，「扎伊，幫金老弟醒醒酒。」

扎伊猛然躥了過來，金河谷的瞳孔急劇放大收縮，還未等他反應過來，雙手已經被扎伊反剪在身後，瞬間便失去了反抗力。扎伊身高不到一米六，而金河谷卻有一米八幾的身高，而且高大壯實，但這交鋒的一瞬間，他就知道這個野人也許只用一根手指就能擊敗他。

「萬源，你想要幹嘛！」金河谷徹底被激怒了。

萬源嘿嘿一笑，「金老弟，幫你醒醒酒。」說完，遞了個眼神給扎伊。

扎伊抬起膝蓋，用力抵在金河谷的後心上，金河谷只覺一股大力傳來，呼吸頓時停滯了，繼而便開始瘋狂的倒吸氣，沒有感覺到疼痛，只覺腹中忽然一酸，忽然之間便開始翻江倒海起來。

扎伊鬆開了他的雙手，又蹲回了原地上，似乎從來就沒有動過似的。金河谷跪在地上，忍不住胃裏蠢蠢欲動的那種嘔吐感，忽然張開了口，「哇」的一聲，胃裏的東西全部吐了出來，一時間，滿院子都是夾雜了胃酸氣味的酒氣，萬源皺了皺眉頭，捂住了口鼻，扎伊學著他的模樣，也把口鼻遮住了。

金河谷跪在地上又乾嘔了一會兒，只有膽水出來，顯然胃裏已經空了。站了起來，金河谷只覺醉意也似乎跟吐空了的胃似的，全部都沒了，全身舒服多了。萬源已經斟好了茶，遞過去給金河谷，「漱漱口吧。」金河谷端起來倒進嘴裏，咕嘟咕嘟漱了口。

「萬總，剛才嚇死我了！」

萬源笑道：「金老弟，咱們是一個戰壕裏蹲著的，我還能對你怎麼樣？現在舒服了吧，咱的事怎麼說的？」

金河谷道：「你放心吧，這事情我會儘快幫你搞定。對了，現在的生活有無困難，需不需要點錢？」

萬源搖搖頭，「我現在就是困在井底的青蛙，只能在這巴掌大的地方窩著，沒處花錢，我要錢幹嗎？」

金河谷道：「既然這樣，我就告辭了。」

萬源起身把金河谷送到門外，二人握了握手，隨即分開了。

回到院子裏，萬源看了一眼蹲在地上的扎伊，臉上浮現出一抹笑意，剛才他讓扎伊露了那一手，可不是幫金河谷解酒那麼簡單，他是要金河谷知道別跟他耍花招，惹怒了他，殺一個人是很簡單的！而隨後金河谷態度的轉變，也證明了剛才扎伊的那一下子真的是起到了作用。

第二天上午，金河谷沒有來公司，關曉柔找到了江小媚。

二人約定了中午一起去公司附近的一家點心店吃東西。江小媚知道這是關曉柔得到了什麼消息要與她交流，中午下班之後便立馬趕到了那家點心店。

關曉柔最近一直非常關注金河谷的行動，昨天晚宴結束之後金河谷撇下了她，獨自一人開車走了。她開車跟了一段路，發現金河谷是朝郊外方向開去的，本想一直跟著，但晚上陪金河谷應酬，喝了太多的酒，手腳都有點不靈活，跟著跟著就跟丟了。

「小媚姐，金河谷昨晚晚宴結束之後的行跡非常可疑。」

江小媚吃了一口甜點問道：「怎麼說？」

「那麼晚了，他獨自一個人開車去了郊區。」關曉柔道。

大半夜的去郊區，這點真的非常可疑。

江小媚道：「曉柔知不知道他具體去了郊區什麼地方？」

關曉柔搖搖頭，「你也知道昨晚我喝了多少酒，沒能跟得住。」

不管怎麼說，總算是得到了一條線索。

江小媚道：「曉柔，你把他昨晚離開酒店之後具體的行車路線告訴我。」

關曉柔想了一下便說了出來，包括金河谷在哪個路口轉的彎她都能記得清楚。

江小媚記下了這些有用的訊息，二人在點心店吃了東西之後，關曉柔先回公司去了，她則藉口有些事情沒有直接回去，而是去了一家經常和林東接頭的咖啡廳，約了林東過來。

林東今天已經開始服用固元丹了，吳長青給他的那本小冊子，他已經研習透徹了，現在無論是坐立行走還是吃飯睡覺，他都嚴格按照那本內家功法的入門修煉法門來要求自己。

林東推開咖啡廳的門時，江小媚就看見了他，見到他走路的動作有些奇怪，幅度沒有之前大，步伐與步伐之間似乎蘊藏著某種數理，快幾步慢幾步。

林東一坐下，江小媚就笑道：「林總，你今天走路的樣子有點奇怪，與平時不大相同哦。」

林東微微一笑，「瞧出來啦？我這是在練功呢。」

江小媚莞爾一笑，把話題轉移到正事上來，「林總，金河谷昨晚晚宴結束之後，大半夜的去了郊外，這是他的行車路線。」江小媚已經把路線寫在了一張紙上，林東拿起來打開看了看，這路線顯然是不全的。

「沒能跟住？」

江小媚點了點頭，「關曉柔喝多了酒，只跟住了這一截路。」

林東道：「好，我拿回去研究一下。小媚，千萬小心！」

從咖啡廳出來，林東回到辦公室，打開溪州市的地圖，沿著已經知道的路線，將金河谷昨晚可能去的地方全部羅列了出來。當羅列到去梅山的那條路線時，他握筆的手頓了一下，然後在地圖上圈住了梅山，在梅山上打了一個叉。

他猜測汪海原先在梅山的別墅，很可能就是萬源現在的藏身之所！

「老狐狸，總算被我抓到了你的尾巴！」

林東點上一支煙，一根煙吸完之後，他已經決定今晚就採取行動。這行動光他一人是不行的，他需要幫手，萬源是在逃的通緝犯，這讓他首先就想到了陶大偉，只要陶大偉能帶一隊人馬過去，萬源多半是跑不掉的。

事不宜遲，林東立馬給陶大偉打了個電話，電話接通之後，他還沒說事情，就得知陶大偉出差去了，要一個星期之後才能回來。而他的事情顯然不能等到一個星期之後再辦，林東在辦公室裏蹓了一圈，便想到了李龍三。

李龍三是高五爺的得力助手，手下有很多的精兵強將，那些人個個身手都不差。

打通了李龍三的電話之後，林東言簡意賅的跟他說明了情況，李龍三也仗義，一口就答應了下來。

下午五點，李龍三所帶的二十個會功夫的壯漢就到了溪州市，林東在食為天宴請了這夥人。晚上七點，這夥人四人一輛小車，一齊奔赴梅山。到了梅山山腳下，林東的車停了下來，後面的車隨後也停了下來。

李龍三下車走了過來，問道：「怎麼啦？」

林東低聲道：「三哥，人太多了，我怕打草驚蛇，讓他跑了。你挑幾個強幹的跟我上去，其餘的留下來守著下山的路。」

李龍三點點頭，從二十人裏挑了五個出來，這五人都是好手中的好手，都有過當兵的經歷，在部隊裏也是數一數二的好手。

「怎麼樣，可以上去了嗎？」李龍三興奮的說道，這些年高紅軍約束他們約束得很緊，嚴禁他們打架鬧事，能不動手就不動手，李龍三這夥人已經憋壞了，就等著今天能有機會大打出手。

林東道：「可以了，大家輕裝簡從，不要開車，從這裏到山腰上的梅山別墅，大概需要四十分鐘。」

李龍三從車裏拿出一堆傢伙，分給眾人，分給林東的是一根鐵棒，分量很沉，這玩意砸到人的身上，那可不是一般人能受得了的。

林東害怕李龍三帶來的這夥人下手不知輕重，叮囑道：「抓活的！各位兄弟下手留點力，不要把人弄死了。」

李龍三嘿嘿一笑，「林東，你就放心吧，你真要是請我們過來殺人，我們肯定不會來的。」

說完，林東一揮手，幾人趁著夜色的掩護，悄無聲息的朝梅山別墅逼近。

此刻已是晚上八點多鐘，上山的這條路比較狹窄，兩旁沒有路燈。今夜的月色十分的明亮，高高的掛在中天上，清冷的月輝灑落了下來，從樹枝樹葉之間穿過，落在了地上，在地上形成忽明忽暗諸多陰影。

又一次來到了這裏，在這危險時刻，林東想到了遠在地球另一面的溫欣瑤。想起金鼎投資公司初創的時候，為了拉攏投資資金，溫欣瑤帶著他來這裏見汪海和萬源，這兩人居心不良，在酒裏下了迷藥，企圖玷污溫欣瑤。

想到這兒，林東心中的怒火被點燃了，握緊手裏的鐵棒，心想若是被他抓住萬源，一定給他點滋味嘗嘗。

二十分鐘過了，林東看了一下，走到的地方正是他去年撞車的地方，那棵曾經被他開車撞到的樹，靜默的站在月色裏，看不清模樣，只有一團漆黑的影子。

「兄弟們堅持一下，再有一刻鐘就到地方了。」

林東低聲說道，前面將面臨未知的危險，他不知等待他的是什麼，身後的李龍三這夥人與他不同，這些人是三天不打架就手癢的人，越接近目標，他們就越興奮。

低頭往前走了一會兒，月光下的梅山別墅已然在望。往前走了不久，就到了梅山別墅的門外。這裏與他上次來這有太大的不同。門前的空地上長了一地的荒草，足有半人多高。

林東蹲了下來，低頭一看。發現了地上的車胎印跡，便幾乎可以確定金河谷來過這裏，他猜的沒錯，萬源應該就在裏面。

李龍三拍拍他，然後指了指梅山別墅的大門，「林東，要不要我讓兄弟們攻進去？」

林東不知道門內有什麼陷阱或者機關之類的東西，如果李龍三帶來的人有什麼死傷，他是如何也不會原諒自己的。便搖了搖頭，「三哥，裏面情況不明，不能讓兄弟們冒然攻進去。」

李龍三聽他說得有道理，便點了點頭，「你說的極是。」招了一下手，把五人當中的歐栓柱叫到跟前，「栓柱，跟姑爺說說，你在部隊是幹啥的？」

歐栓柱摸了一下頭，朝林東笑說道：「姑爺，我在部隊是個偵察兵。」

林東被這稱呼搞得有些不習慣，在李龍三看來，他和高倩的婚事已經是鐵板釘釘的事情了，林東在他心裏就是高家的姑爺。

「栓柱兄弟，你能偵查到院子裏面的情況嗎？」林東問道。

歐栓柱看了一下四周，笑道：「這太簡單了，姑爺你稍等。」說完，歐栓柱手腳並用，很快就爬上了一棵樹，靈活的像隻猴子似的，不到一分鐘就爬了二十幾米高。

李龍三得意的看著林東，「怎麼樣，我手底下能人不少吧？」

林東豎起了大拇指。

歐栓柱攀爬到了一定的高度，那個高度足夠他看清整個院子，一隻手抱住樹幹，另一隻手打開了隨身攜帶的挎包，從裏面掏出了夜視用的望遠鏡，開始瞭望院子裏面。

扎伊睡覺時候的耳朵是貼著地的，在這半夜時分，他猛然驚醒，一雙野獸般的眼睛在夜色中泛起綠色的光芒。唯有警覺到危險的時候，他的眼睛才會有這種反應，幾乎是下意識的，扎伊伸手摸了一下掛在脖子上的一塊石頭打磨的人形雕像，嘴裏喃喃自語起來，這是他在乞求烏拉大神的保佑。

扎伊仰臥貼在地面上，這樣他將獲得最廣闊的視角，幾乎可以看得清一百八十度範圍之內的動靜。很快，遠在幾十米外高空中的歐栓柱就被他發現了，他的鼻子抽動了幾下，似乎從空氣中嗅到了幾種味道不同的煙草味道。

「嗚……」

扎伊的身體貼著地面，靈活的就如飛燕一般，只見他雙腿一蹬，身子就貼地朝後面滑了出去。這樣的動作他重複了三次，便從院子裏的梅樹下滑到了別墅的門口。

扎伊的膚色就如土地一個顏色，在朦朧的月色之下，輕易的從歐栓柱這樣經驗豐富的老偵查員的眼皮底下蒙混了過去。

樹上的歐栓柱，此刻正在一寸一寸的移動他眼前的望遠鏡，他的目光不會在一個地方停留太久，同樣也不會放過任何一塊他可以看得到的區域。遇到扎伊這樣的對手，他顯然是不合格的偵查員，不是他沒看到扎伊，而是他沒有發現！歐栓柱的目光只在扎伊的身上停留了兩三秒，很快就移開了，那與泥土的顏色無限接近的膚色，任誰也想不到那一團黑影是一個人。

扎伊等到歐栓柱的目光從他身上移開，這才抬手朝別墅的門上摸去，他很快就摸到了那根他要找的線，伸手一拉，就聽到屋裏傳來了銀鈴般清脆的聲音。

半睡半醒的萬源聽到了鈴鐺的聲音，猛然驚醒過來。

當初在進入梅山別墅之後，萬源的第一件事情便是設置了這麼一個簡單卻實用的小機關。只要扎伊發現了危險，一拉門外的繩子，他便會知道。困在梅山別墅無事可做，萬源唯一打發時間的方法就是睡覺，或許是白天睡得太多，所以晚上怎麼也睡不踏實，這才在聽到鈴鐺響了之後第一時間就醒了過來。

在南方邊境經歷過幾次的生死考驗之後，萬源明白一個道理，腿快的活，腳慢的死。時間就是生命！

他走到門口，用手輕輕的在門上三緩兩急的敲了五下，這是他與扎伊約定好的暗號，意思是告訴扎伊，實行第二套方案，由扎伊出面引開敵人，他則從另一個方向逃脫，然後在約定的地點會合。

扎伊得到了命令，抬頭望了一眼掛在天上的冷月，張開了嘴，露出一口野狼般鋒利的牙齒。

歐栓柱從樹上滑了下來，平穩的落在了地上，林東等人將他圍在中間，急切的等到他描述裏面的情況。

歐栓柱喘勻了氣，說道：「院子裏非常的安靜，看不出有機關和陷阱，我想咱們應該可以強攻進去。」

李龍三點點頭，說道：「林東，你說的那個人或許還在裏面睡覺呢，咱們以迅雷不及掩耳之勢衝進去，擒他於睡夢之中！」

「好，就按三哥說的辦，諸位兄弟千萬小心！」

林東一揮手，眾人握緊了手裏的武器，放輕腳步，加快步伐朝院門潛行而來。當此之時，夜空之中忽然響起一聲慘厲的呼號。眾人抬頭望去，只見院子裏有個東西騰空而起，落在院牆上，然後又騰飛了起來。

「那是什麼東西？」眾人驚呼道。

他們只覺得這是一個像是人但又不像是人的東西，空中的這不知是什麼的東西手長腳長脖子長，但偏偏身軀很小。倒是有點像電影裏常見的外星人。

李龍三斷喝一聲，「兄弟們，追啊！」

他帶頭衝了出去，林東朝門內看了一眼，一跺腳，跟了過去。

扎伊畢竟不是長了翅膀的飛鳥，他騰空的時間有限，但是落在地上之後，奔跑的速度卻也不輸給在場的每一個人。若是讓世界短跑冠軍看到扎伊的速度，那冠軍一定會羞愧難當。

「我的天哪！前面那是什麼妖怪？跑得那麼快！」

歐栓柱呼呼的喘氣，任憑他拚盡全力，也跟不上扎伊的速度，只能眼睜睜的看著前面的那個怪物離自己越來越遠。

扎伊很快就鑽進了山林之中，李龍三帶人追到了山林邊緣，想要帶人進去繼續搜尋，卻被從後面趕過來的林東叫住了。

「三哥，別追了！」

李龍三劇烈的喘息著，「林東，為啥不讓追了？」

林東說道：「我們人多也沒用，那個怪物的速度太快了，況且進了這個林子，我們人多的優勢將會大打折扣，很有可能被那怪物個個擊潰。」

李龍三一跺腳，吐了口痰，「難道就讓那個傢伙跑了？」

林東歎道：「本來就該讓他跑了，三哥，我們根本不應該追他，他不是我們要找的人。」

聽了這話，李龍三彷彿意識到了什麼，朝遠處的梅山別墅看了一眼，然後略帶歉意的看著林東，「都怪我李龍三四肢發達頭腦簡單，這顯而易見的調虎離山計都沒看出來。」

林東搖搖頭，「這怪不得你，三哥、諸位兄弟，咱們進梅山別墅看看去。」

眾人往回走了好一會兒才回到梅山別墅的門前，李龍三上前一腳把門踹開了，歐栓柱朝門裏望了一會兒，確定裏面沒有危險，帶頭走了進去。

這院子也失去了原來的模樣，雜草長得老高，地上還有一堆灰燼，就連院子裏那棵大梅樹現在也是半死不活的模樣。

眾人打開隨身攜帶的強光手電筒，院子裏頓時變得亮如白晝。

「栓柱，你和鄒虎在院子裏搜搜，剩下的人跟我進別墅去！」

李龍三說完，上前一腳把門踹開了，幾道強光射了進去，只見別墅裏空無一人。

「萬源跑了。」

林東無奈的接受了這個結果，本以為把握極大的事情，沒想到竟是以這樣的結局告終。

到樓上搜尋的兩個人下來了，告訴林東和李龍三，樓上有扇窗戶是開著的，窗台上有鞋印，萬源肯定就是從那個地方逃走的。

李龍三道：「林東，要不要跟著鞋印去追？」

林東搖了搖頭，「不必了，那個人遠比我想像的狡猾，我們追不到他的。」

李龍三氣得一腳把沙發踹了個窟窿，本來以為可以真刀真槍的大幹一場，卻沒想到連正主的面都沒見著，還被個不知道是不是人的怪物耍得團團轉。這種憋屈的滋味真難受，氣得他都快抓狂了。

「三哥，咱們撤吧。」

林東說完就率先朝別墅門外走去，李龍三罵了幾句，帶著人也離開了。

四十分鐘後，他們回到了山腳下。剩下的十五人都在車裏等著，見他們走下山來，紛紛打開車門出來迎接。

「龍哥，抓的人呢，在哪兒呢？」

李龍三一瞪眼，「嚷嚷什麼啊。沒人！都給我上車！」

收拾了一下心情，李龍三轉身對林東說道：「林東，今晚不僅沒幫上忙，反而幫了倒忙。唉，你知道我是個粗人，不知道說啥是好。總之，如果你有需要，儘管告訴我。好了，我們直接回蘇城了，再見。」

林東拉住李龍三，「三哥，別說這樣的話，兄弟心裏感激你。」林東從車裏拎出個黑色的袋子，交到李龍三手上，「這錢不是給你的，兄弟們不能為我白忙一趟，這錢分給他們吃酒。」

李龍三一瞪眼，死活不要這錢，「林東，你把我當成什麼人了？你請我幫個忙還給錢？把我當兄弟嗎？」

「三哥，你還是不懂我的意思啊。這錢不是給你的，是給你手下的弟兄的，給他們拿去喝酒的。」林東只得解釋道。

李龍三死活不要，手底下的那幫人也都知道今天幫的這人不是別人，很快就會成為高五爺的女婿了，說不定有一天還會成為他們的主子，個個都表示不要林東的錢。

林東沒法子，只好把錢放回了車裏，對李龍三和他的手下感謝了一番，各自上車回去了。

所謂狡兔三窟，萬源或許就是這類的「狡兔」。他在住進了荒棄了的梅山別墅之後並沒有懈怠，反而在第一時間找了另一個「窟」。這個窟也在梅山，離梅山別墅不是很遠，但是因為山路崎嶇，步行需要兩三個小時才能到達。

夜晚太黑，萬源在山林裏行走，一時迷了路，只能就地休息，等到天亮了之後，他才繼續前進。早上七點左右，他來到了一座山洞前面，扎伊站在一棵樹上，見到了他，像隻猴子似的從樹上滑了下來，跑到萬源跟前，依依呀呀的叫喚個不停。

萬源在他腦門上摸了一把，「扎伊，讓你久等了，我迷路了。」

進了山洞之中，萬源往草席上一躺。扎伊坐在旁邊，依依呀呀說個不停，萬源明白他的意思，扎伊是在告訴他，這附近他都已經查看過了，沒有危險，昨晚的那夥人也已經走了。

山洞裏有些潮濕，這裏的居住環境要比梅山別墅差很多。雖然萬源事先已經在這裏準備了一些物品，但若是讓他選擇，他仍是願意回到梅山別墅，而遺憾的是梅山別墅已經暴露了，他是不可能再回去了。

萬源撐起疲憊的身軀，在山洞裏點了幾堆火，這裏面太潮濕了，不用火烤烤根本不能住人。

做完這一切之後，萬源又重新在草席上躺了下來。身體雖然已經疲憊不堪，但是思維卻異常活躍，昨晚他雖然沒有親眼看到是林東帶人來抓他，但是想一想來的並不是員警，除了林東，還能有誰呢？

姓林的為什麼會知道我藏在梅山別墅裏？

萬源陷入了沉思當中，他想到了很多種可能，非常懷疑是金河谷透露了消息，但隨即又否定了這個想法，如果是金河谷想他落網，其實根本用不著那麼麻煩。而除了金河谷之外，根本沒有其他人知道他的藏身之地，為什麼林東會找到他呢？

金河谷被人跟蹤了！

萬源得出了結論，這是最大的可能！

「這個廢物！」

他壓不住心裏的火氣，忍不住破口大罵，撿起腳邊的一塊木頭，狠狠的朝山洞的石壁砸去。

扎伊見主人發火，嚇得躲到一旁。

「扎伊，過來！」萬源厲聲吼道。

扎伊慢慢的走了過來，蹲在萬源的身前，一副驚恐不安的模樣。

「去，快去把金河谷給我找來！」萬源指著洞口外面吼道。

扎伊點了點頭，逃離了這個令他不安的山洞。他最害怕萬源發火，每次主人發火，都是他倒楣的時候，萬源會想著法子折磨他。

早上六點半，林東起來之後，高倩已經熬好了粥。

吃飯之前，林東拿出了一顆固元丹，以溫水送服下去。

「你剛才吃的是什麼丸子啊？」高倩覺得林東最近有些奇怪，各種的奇怪。

「其實我也不大懂，是吳門醫館的吳老給我的，說是對養身很有幫助。」林東不想讓高倩知道的太多。

高倩笑了笑，「你是不是還跟他學了其他一些稀奇古怪的東西？」

林東點了點頭，「倩，你怎麼知道的？」

高倩臉一紅，「你這人，非要我把話說得那麼明白嘛，昨晚同房的時候，你的姿勢挺奇怪的，以前從沒那樣做過。」

林東明白了，都是那小冊子惹的禍，就連同房這種私密之事也有要求，吳長青要他好好修煉，他要麼不練，要練就要不折不扣的按照書上說的做。

林東急忙解釋道：「倩，那些事情你別想歪了，人家吳老是德高望重的長者，怎麼可能教我那些東西？」

高倩覺得有些道理，「要我說也不會，肯定是你又在哪兒學來的。」高倩臉上的紅霞不減，愈發的冶豔。

林東剛吞下固元丹，丹田之中火熱一片，瞧見高倩含羞帶笑的臉，不知怎的，欲火像是澆上了火油的乾柴，一下子就被點燃了。這固元丹的藥力果然非同，但是吳長青曾告訴他，只要是服用了固元丹的日子，他就不能同房，否則會引起大問題。林東不懂中醫上一補一泄的道理，但是對於吳長青的話，他卻是謹記在心，一刻也不敢遺忘。

「你怎麼了？」高倩發現了他的變化，關切的問道。

林東沒說話，低頭喝起了粥。

高倩回想到剛才林東看她的眼神，猛然明白了過來，嗔道：「討厭，大白天的也不正經！我公司有事情，得馬上走了。」說完，在林東的額頭上親了一下，走到沙發旁拎起了坤包，掉頭對林東說道：「親愛的，我今晚爭取早點回來，你忍著點。」

林東看著高倩遠去的倩影，臉上的表情像是吃了苦瓜似的，雖然他很想，但是吳長青的叮囑卻是不能忘卻的。看來今晚只得找個理由不回來睡覺了，否則被高倩發現了異常，這事情可是沒法說清楚的。

第四章

蕾絲邊情結？

關曉柔這一刻不知怎地，心門像是被一股莫名的力道強行打開似的，
而硬生生擠進來的卻是揮之不去的江小媚的身影，
這令她大吃一驚，自己怎麼會有這種想法，這太荒唐了！
但任憑她如何想要摒除這股子雜念，卻都是做了無用功，
反而使腦海中江小媚的音容笑貌更加清晰可見了，
不知不覺中，幾乎是下意識的，她居然將江小媚越抱越緊。

金河谷是在睡夢中被扎伊用小石頭砸醒的，他躺在別墅的大床上。旁邊還有兩個赤裸裸的女人，一睜眼就看到了朝他齜牙咧嘴的扎伊。這下金河谷憤怒了，他感覺自己像是無所遁形似的，扎伊隨時都能找到他。

「喂，你到底要幹什麼！」

金河谷從床上跳下來大吼道，聲音之中蘊含巨大的憤怒，沉睡中的兩名裸女被他的聲音驚醒，一睜眼便看到了這樣的一個怪物，嚇得花容失色。

扎伊把字條丟給了金河谷，金河谷撿起來一看，上面只有兩個字：速來！

金河谷從萬源的字跡上可以猜想得到，萬源是在什麼樣的心情之下寫下的這兩個字，冷冷哼了一聲，「你還生氣了，老子的氣還沒處撒呢。」

扎伊似乎等得不耐煩了，嘴裏依依呀呀的說什麼金河谷聽不懂，但他能看到扎伊的手勢，似乎是在讓他快點。金河谷慢條斯理的穿好了衣服，原本還想吃頓早飯的，但看到扎伊齜牙的猙獰模樣，立馬放棄了吃早餐的打算，惹怒了這個野人，可是隨時有可能被他啃得骨頭都不剩的。

「別催了，老子現在就跟你去不行嗎！」

金河谷憋了一肚子的火氣，根本沒法跟這個野人講道理，這個野人就是死腦筋，只聽萬源的話，萬源叫他幹什麼就幹什麼，如果他膽敢不去，下場是他可以想像得到的，那就是被這個野人挾持帶到梅山。

金河谷從車庫裏取了車，扎伊像是鬼魅一般，不知何時趴在了他的車頂上。金河谷猶豫了一下，打開了車門，也不管扎伊聽不聽得懂，說道：「你不能待在車頂上，不安全，到車裏坐著吧。」

唰！

只覺一陣冷風刮了過來，金河谷回頭一看，扎伊已經坐在了後排，正齜牙咧嘴的朝他樂呵呵的笑。

「敢情你狗日的聽得懂啊！」金河谷爆了粗口。

「嘎——」

扎伊嘴裏發出一聲尖銳的嘶嘯，金河谷知道剛才的粗口把這野人惹怒了，趕緊舉起了雙手，表示投降，誰知道這野人會做出什麼事情來，把他腦袋擰下來也大有可能。

開車到了梅山山腳下，金河谷本想繼續開車上去，卻見扎伊不停的拍打車座，似乎非常著急。金河谷在路邊停了車，掉頭看著他，「我說野人，你這到底是什麼意思啊？不是讓我去見萬源嗎？現在我要開車上去，你怎麼又不讓呢？」

扎伊從車窗跳了出去，然後便死命的拉金河谷的車門。金河谷沒法子，只得下車，扎伊一把抓住了他的手臂，拉著他就往路旁的山林中鑽去。

金河谷白色的襯衫上立馬就被扎伊的手玷污了，噁心的金河谷只想把一隻胳膊剁下來，「喂，你到底要帶我去哪兒？」金河谷想要掙扎，偏偏這野人的力氣大得驚人，被他的一隻手抓住，就像是被精鋼箍住了似的，根本無法掙開。

在山林中穿行了一個多小時，走的儘是人跡罕至的地方，一路上可說是沒路找路走。有時候是從湍急的小溪中蹚過去，有時候從山窪裏爬上去，一路上金河谷摔了幾跤，跌的滿身都是泥。

任何崎嶇的道路都影響不到扎伊的行進速度，因為他根本不用在路上走，他的空間是在空中，在樹與樹之間騰挪飛躍。金河谷有幾次真的想調頭回去，但是扎伊就像是古時候押送雜役的兵丁，而他就是那被押解的雜役，稍微有一點停頓，便會召來扎伊猙獰的目光。

一個半小時之後，一個山洞出現在眼前，而扎伊也終於從空中墜落了下來，停在山洞外面，伸手朝裏面指了指。

狼狽不堪的金河谷看了看那山洞，「野人，你帶我來這裏幹嗎？」

話音未落，就見山洞裏走出了一個人，神情疲憊不堪的萬源。

金河谷見萬源這樣，一時竟發不出火氣來，「萬源，你放著好好的別墅不住，為什麼跑這裏來鑽山洞啊？」金河谷很是不解。

萬源哼了一聲，「為什麼？這該問你吧！」

金河谷眉頭一皺，指著萬源厲聲道：「你說話說清楚些，我可沒讓你搬這裏來。」

萬源挺直腰板，吼道：「我問你，姓林的是怎麼找到梅山別墅去的？」

金河谷身軀一震，驚訝之色佈滿了臉上，「什麼？林東發現你了？」

萬源冷冷道：「金河谷，我藏身在梅山別墅的事情只有你一人知道，林東為什麼能找來，你今天難道不應該給我一個說法嗎？」

「你這話什麼意思？難道你懷疑是我告訴林東讓他來找你的？」金河谷看著扎伊，「你怎麼不懷疑你身邊的人？」

萬源知道他指的是扎伊，冷笑道：「他？他也算是個人嗎？」對於扎伊的忠誠，萬源從未懷疑過。

金河谷道：「你用腦子想想，我把你的行蹤告訴林東，對我有什麼好處嗎？」

二人爭吵了一會兒，各自都漸漸冷靜了下來。金河谷也知道林東能找到這裏來絕對不是偶然的。

「萬源，你最近有出去走動過嗎？」

萬源搖搖頭，「我白從住進了梅山別墅就沒離開過一步，你說的沒有可能。金河谷，你該往你自己身上想一想，是不是你被人跟蹤了？」

金河谷聽了這話，低下了頭，沉默了好一會兒，才抬起頭說道：「不排除這個可能。」

萬源歎了口氣，「事到如今，再去談論誰的責任都於事無補了。金老弟，去山洞裏坐坐吧，咱們好好合計合計。」

金河谷跟著萬源進了山洞，萬源指了指乾草鋪的墊子，「不嫌棄的話，就坐下吧。」

走了這一路，金河谷累得腰痠背痛，早就累得不行了，並且全身上下也無一處是乾淨的地方，還講究個啥，一屁股就在乾草上坐了下來。

「問題肯定出在我這邊，我被人跟蹤了。」金河谷主動擔下了責任，說道：「難道林東一直都有派人跟蹤我？」

萬源搖了搖頭，「我看不會，否則他早就找到這兒來了。金老弟，你再仔細想想。」

金河谷皺眉沉思，前幾次到梅山別墅來的時候他怕被人跟蹤，所以都小心翼翼，只有最近的那次，那天晚上他喝了不少的酒，警惕性有所放鬆，可能就是那天晚上被人跟蹤了。

「我有點眉目了。」

萬源道：「好好查查，這內鬼不除，咱們的事情就隨時都有可能暴露。」

金河谷看了看這山洞，洞內非常潮濕，根本就不是人住的地方，萬源耷拉著腦袋，到了這裏之後，似乎人也變得消極了。

「這地方真不是人住的……」

萬源一聽金河谷這話，眉毛都豎起來了，連忙說道：「是啊，關鍵還不安全。姓林的來過一次了，說不定他會帶人來一次全山封鎖搜查，這地方雖然隱蔽，但只要想找，肯定還是能找到的。」

他等待金河谷的下文，卻發現金河谷左看看右看看，就是不接他的話，只得主動開口，「金老弟，老哥有個事想求你。」

金河谷道：「說，啥事？」他早就猜到萬源要跟他說什麼，之所以不點破，就是要萬源自己開口求他。

萬源歎道：「眼下我連個立錐之地都沒有，我知道金老弟你房子多得是，能不能從你那兒暫借一套？」

金河谷沉默了一會兒，「借給你自然是沒問題的，但是扎伊他……」

萬源明白金河谷的意思，連忙說道：「你放心吧，扎伊不會傷人的，我們晝伏夜出，絕對不會讓人發現。」

金河谷想了一想，把手上現在沒人住的房子在腦海裏過了一遍。

「萬總，我在郊外抵雲灘附近有套別墅，那兒十分偏僻，你就去那兒住一陣子吧，我會為你準備好充足的生活用品，儘量待在屋裏不要出來。」金河谷道。

萬源感動得眼淚都快要掉下來了，總算是又有個地方可以住了，握住金河谷的手，「金老弟，老哥謝謝你了。」

看到萬源這副感激涕零的模樣，金河谷心內得意非凡，站起來說道：「那我現在就先回去為你們準備東西了，今晚十點，你們在山腳下等我，到時候我開車過來接你們過去。」

萬源站起身來，「金老弟，實在是太感謝了！我讓扎伊送你出去，這片山林你沒有嚮導是很難走出去的。」

金河谷本來不想讓扎伊送他出去的，但真的害怕在山林裏迷了路，便點點頭同意了。

「扎伊，你要聽金總的話，知道嗎？」萬源朝扎伊瞪著眼睛喝道。

扎伊咧嘴點點頭，一副極不情願的樣子，低頭走在前面帶路。

金河谷出了山林便來到了山腳下，扎伊把他送到地方，一陣風似的消失了。

上車之後，金河谷開車回到家裏，洗了個澡，換了一身乾淨的衣服，把髒衣服放進垃圾袋裏扔了。

去了公司，金河谷把自己關在辦公室裏，仔細回想那天晚上的事情。林東在第一件珍寶瑪瑙項鏈拍賣結束之後就離開了，等到他趕去梅山別墅的時候，除了一些沒走的賓客，身邊似乎只有關曉柔了。

「難道是她？」

金河谷搖搖頭，覺得有些不大可能，一直以來，他都認為能將關曉柔玩弄於股掌之中，而關曉柔在他心裏也只是個乖順的聽話綿羊。

「曉柔，進來一下！」金河谷對著外面的辦公室叫道。

關曉柔蹬著高跟鞋走了進來，面帶微笑說道：「金總，請問有什麼事嗎？」

金河谷道：「曉柔，我想起一件事來。前幾天慈善晚宴的那天，我丟了塊手錶，你看見沒有？」

關曉柔搖搖頭。「金總，你是不是在別的地方丟的？那天晚宴結束的時候，你還帶著手錶的，一直到你離開，手錶一直都在你的手腕上。」

「你真的看到我離開的時候手腕上有手錶嗎？」金河谷盯著關曉柔的眼睛，臉上帶著深不可測的笑容。

關曉柔很肯定的點了點頭，「金總，我真的看見了。」

金河谷笑了笑，又問道：「曉柔，那天晚上晚宴結束之後，你去哪裏了？我沒別的意思，只是問問。你知不知道你已經有些日子沒去我那兒了。」

關曉柔被金河谷問得有些發慌，連忙說道：「金總，那天晚上我陪你招待賓客，我們都喝了很多的酒。結束之後我就開車回家去了。至於我為什麼這些日子沒去你那裏，你是知道原因的，我想你應該不需要我了。」

金河谷又和溪州市藝校兩個雙胞胎姐妹搞在了一起，這些天晚上天天和那雙胞美女廝混在一起，即便是關曉柔去找他，他也不一定會讓關曉柔進門。

「真的回家睡覺去了？」金河谷笑問道。

關曉柔心裏一驚，惴惴不安的胡思亂想起來，難道事情敗露了，金河谷察覺到了什麼？

「金總，我真的回家睡覺去了，不信你可以問江部長！」為了證明自己沒有撒謊，關曉柔居然把江小媚給搬了出來，原本只要她咬咬牙就撐過去的事情，因為搬出了另一人，而使金河谷更加懷疑她。

「我為什麼要問江小媚？」金河谷冷冷問道。

關曉柔答道：「因為我回家的時候看見了她，我們打了招呼。」

金河谷道：「既然你這麼說，那我真的得問問她了。」說完，拿起桌上的電話打給江小媚，要江小媚立馬到他的辦公室去。

「曉柔，你就站在這兒，待會等到江小媚敲門的時候，你進休息室待著，我不讓你出來就別出來。」

江小媚接到了金河谷的電話，馬上就意識到了不正常來，金河谷從來沒有親自打電話給她，一般要見她都是讓關曉柔打電話給她，今天為什麼親自打電話呢？

江小媚揉了揉太陽穴，想要理清思路。

來到總經理辦公室的門前，門是虛掩著的，江小媚抬手敲了敲門，就聽裏面傳來金河谷的聲音。

「請進！」

金河谷對關曉柔使了個眼色，關曉柔立馬就躲進了休息室裏，全身上下每一根汗毛都豎了起來，剛才是她隨口瞎編的，事實上那晚是江小媚比她走得早一點，二人根本就沒有碰過面。

「小媚姐，一切就都看你的了。」

江小媚推門走了進來，看到關曉柔不在外間的辦公室，但是她的包卻在辦公桌上，江小媚至少肯定一點，關曉柔今天是有來公司的，而且現在就在公司。

「金總，你找我？」

金河谷指了指對面的椅了，「小媚，最近公關部的工作很出色，你辛苦了。」

江小媚最近根本沒幹什麼事，金氏地產除了一個在建的蘇城國際教育園的專案之外，根本就沒有其他的專案，整個公司大多數部門都閑著。江小媚心裏暗道，金河谷今天的舉動非常反常，他這是怎麼了？

「都是金總領導有方。」江小媚與金河谷玩起了太極。

金河谷道：「小媚，最近有時間嗎？鑒於你最近出色的表現，我想邀請你共進晚餐，希望能有那個榮幸。」

江小媚記得關曉柔對她說過的話，金河谷對她早就有想法了，千萬不能與金河谷獨處，於是便說道：「金總，實在抱歉，我媽媽病了，她需要人照顧，我一下班就得回去。」

金河谷臉上露出遺憾的表情，「希望伯母的病儘快好起來。對了小媚，關曉柔說在那天晚上慈善晚宴結束的時候碰見了你，她跟你說什麼了？」

江小媚知道金河谷繞了個大圈子就是為了剛才的那句話，說道：「金總，關秘書的確是看到了我，她喝了很多的酒，跟我說要回家睡覺了。」

過了一會兒，金河谷才點點頭，「小媚，沒事了，你去忙吧。」

江小媚走後，金河谷對休息室裏的關曉柔說道：「出來吧。」

方才真是險象環生，如果江小媚與她說的有半點不同，可能金河谷就會懷疑到她的頭上。關曉柔覺得自己裏面穿的內衣都濕了，潮乎乎的貼在身上，難受得很。

「金總，你是不是不信任我了？」

關曉柔話未說完，眼圈已經紅了，一副泫然欲泣的模樣。

金河谷起身過來摟住了她，「小乖乖，別哭別哭嘛，我沒有不信任你。」

關曉柔低聲啜泣，哭得很傷心，女人的眼淚永遠都是對付男人的法寶，金河谷也不例外，見關曉柔哭成了淚人兒，心也軟了，再也不懷疑是關曉柔跟蹤他。

金河谷哄了許久，關曉柔才止住了哭聲。

「曉柔，公司的事情就交給你了，我得出去辦點事情。」金河谷說完就要走，卻被關曉柔一把抓住了手臂。

「河谷，你把人家惹得那麼難過，就不能留下來陪陪我嗎？」

金河谷搖搖頭，歎道：「男人在外面做事情要緊，不能光顧著兒女情長了。」

「我不管，你到底要去哪裏嘛，帶上我一塊去！」關曉柔耍起了性子。

金河谷猛的把手臂從她的手中掙脫了出來，「關曉柔，聽話，不要胡鬧了！」

關曉柔以小獸般驚恐的眼神看著他，連哭都不敢哭。金河谷轉身走了。

他走後，關曉柔也就不需要再演戲了，擦了擦臉上的淚水，哼了一聲，臉上露出勝利者的笑容。

「金河谷，你還不是被我糊弄了。」

中午的時候，關曉柔和江小媚一起去吃了飯。

「小媚姐，當時真的是嚇死我了，如果你說錯了，那我就完了。」關曉柔驚魂未甫的說道，拍著胸口。

江小媚道：「當時我知道你在金河谷辦公室的休息室裏。」

關曉柔張大了眼睛，一副難以置信的模樣，「不會吧，你是怎麼知道的？」

「很簡單，我聞到了你身上的香水味。」江小媚笑道。

關曉柔豎起了大拇指，「小媚姐，我真是佩服死你了。」

關曉柔使用的與前陣子江小媚用的是同一款的香水，當時關曉柔聞到了之後覺得香氣十分的怡人，便向江小媚打聽是什麼香水，然後便跑去買了一瓶。江小媚對那個香水的味道十分熟悉，一進金河谷的辦公室就聞到了，而且發現是從休息室裏傳出來的，因而才肯定關曉柔就在休息室裏。

「金河谷自認為很聰明，沒想到卻被我們兩個女人耍得團團轉！」關曉柔得意的說道。

江小媚道：「曉柔，萬萬不可掉以輕心，今天你僥倖過關，但他已經開始懷疑你了，以後做事需要更加小心才是。一旦被金河谷發現，你知道後果的。」

遭了一記當頭棒喝，關曉柔冷靜了下來，「小媚姐，與你比起來，我還是不夠沉穩，不過幸好有你，否則我怎麼能與金河谷周旋。」

江小媚在關曉柔的臉上捏了一把，「傻丫頭，咱們是姐妹，我不幫你誰幫你。」

關曉柔秀目之中淚光閃爍，她其實是個單純的女人，誰對她好便只記得那人的好，就比如眼前的江小媚，她只看得到江小媚對她的關心，絲毫沒有考慮為什麼江小媚會對她的事情如此的上心。

作為一個女人，關曉柔是柔弱的，在遭到了男人無情的拋棄之後，她變了，變得內心充滿了仇恨。趴在江小媚的肩膀上哭了一會兒，關曉柔抬起了臉，雙目微微紅腫，怔怔的瞧著江小媚，像是在細心的打量似的。

江小媚被她瞧得有些不自在，笑問道：「曉柔，你看什麼呢？被你這樣看得我心裏毛毛的。」

關曉柔「噗哧」笑了起來，「小媚姐，你長得真好看，女人見了你都心動。」

江小媚心中一凜，心想這小妮子不會是想跟我搞蕾絲邊吧？若待會她真的開了口，我該如何應對呢？對於女同志，江小媚從內心深處是抵觸的，雖然極少有男人能入得了她的法眼，但是這並不代表她喜歡女人。

「小蹄子，你真是發什麼春呢，快別這樣看我了。」江小媚假裝慍怒，抬起巴掌，作勢欲打。

關曉柔明白了過來，大笑道：「小媚姐，你看你想哪兒去了，我不是你想的那個意思，我是在想，你那麼漂亮，為什麼不找個男人疼你愛你呢？」

這句話戳中了江小媚的痛處，只見她神色一暗，幽幽的歎了口氣，「這種事情，怎麼能強求呢？何況，天下男子多薄情，始亂終棄，咱們身邊這樣的例子還少嗎？」

「的確不少，我就是個活生生的例子。」

江小媚無意之中說中了關曉柔的傷心處，只見她面露痛楚之色，垂下了頭，擺弄起衣袂來。

江小媚往她身旁挪了挪，將關曉柔摟在懷中，幽幽的說道：「曉柔，都怪姐姐不好，姐姐不該說那句話的。」

關曉柔這一刻不知怎地，心門像是被一股莫名的力道強行打開似的，而硬生生擠進來的卻是揮之不去的江小媚的身影，這令她大吃一驚，自己怎麼會有這種想法，這太荒唐了！但任憑她如何想要摒除這股子雜念，卻徒勞無功，反而使腦海中江小媚的音容笑貌更加清晰可見了，不知不覺中，幾乎是下意識的，她居然將江小媚越抱越緊。

江小媚感受得到關曉柔的雙臂在她背後越箍越緊，緊得讓她的呼吸都有些困難了，以為關曉柔是傷心過度，連忙安慰她道：「曉柔，其實世界上並不是沒有踏實可靠的男人的，還是有些好男人的。曉柔，你別使那麼大力，別抱那麼緊，小媚姐快不能呼吸了。」

用力在關曉柔的頭頂上摁了一下，關曉柔這才回過神來。一抬頭，滿臉的紅霞便落入了江小媚的眼中。江小媚是過來人，自然曉得女人什麼時候臉上才會出現這抹緋紅，心中暗自驚訝，天啊，這小妮子莫不是真的對我有非分之想了吧？

正當她思緒激蕩之時，關曉柔又癡癡的看著她，半晌才說道，「小媚姐，你說，你生得這麼美，哪個男人若是娶了你，那真是他八輩子修來的福氣呀。」

江小媚理了理衣衫，莞爾一笑，「別盡顧著誇我，曉柔，你也是一等一的大美人，別灰心，你一定可以找到真愛你的男人的。」她把「男人」二字用力吐出，有意突出這個詞，而關曉柔卻似乎沒有領會到她的這份用心。

「小媚姐，你說什麼樣的男人才能配得上你呢？」關曉柔突如其來的問道。

江小媚想了一會兒，「這個不好說，女人是很感性的一種動物，真的遇到了真心喜歡的男人，就算是那男人再窮再醜，也會不顧一切的隨他而去的。」江小媚的話不假，但卻不是她的真心話，她是一個很現實的女人，從小過膩了苦日子，能得到她芳心的男人，首要的一點便是必須要有錢。

「你舉個例子，可以是當官的，也可以是明星，或者是經商的，舉一個就行。」關曉柔頗有點打破砂鍋問到底的架勢，追著問道。

江小媚搖了搖頭，「這怎麼好舉例子。曉柔，你怎麼了，盡問這些亂七八糟的。」

關曉柔笑道：「小媚姐，既然你不肯說，那麼就讓我代勞吧，我說一個人，你肯定中意！」

江小媚有些好奇的看著她，似乎非常期盼關曉柔說出一個人的名字。

「林東！」關曉柔嘴裏吐出這個名字之後，眼睛眨也不眨的盯著江小媚的臉。

江小媚臉上的驚詫一閃而逝，轉而變為一副嗔怒的表情，「曉柔，別胡說！你又不是不知道，我是怎麼從金鼎出來的。我討厭他還來不及，怎麼會喜歡他那樣的？」

關曉柔咬著嘴唇，嘿嘿直笑，「你別否認了，那天晚上我都看到了。」

「你看到什麼了？」

江小媚此刻倒是不緊張了，她身正不怕影子歪，自認與林東之間並沒有什麼親密的接觸，不會落把柄給任何人。她雙臂抱在胸前，一副拭目以待的模樣，以眼神鼓勵關曉柔繼續說下去。

「就是慈善晚宴那天晚上，拍賣第一件瑪瑙翡翠項鏈的時候，你看到林東站起來，眼睛裏有火光在閃動跳躍哩。」

那天關曉柔和江小媚作為金氏地產的員工，兩人坐在了同一桌上，所以她才能捕捉到江小媚秀目之中微妙的變化。

江小媚心裏暗暗鬆了口氣，關曉柔根本沒抓到現行，這就不足為懼，怎麼說，全憑她的一張巧嘴，呵呵笑道：「就這事？曉柔，你當我是十八歲的小女生嗎？即便是見了喜愛的男人，我也不會像你說的那樣不堪吧？還眼睛裏有火光……我看你是言情劇看多了。」

「你真的對林東沒感覺？」關曉柔皺著眉頭，難以置信的問道。

江小媚冷笑了笑，「他屬木，我屬火，我和他五行相克！」

關曉柔聽了這話，忽然笑了起來，「對，你們是乾柴烈火，一點就著！」

「死丫頭，你再胡說，小心我撕爛你的嘴！」江小媚佯裝生氣，冷著臉說道。

關曉柔看了一下時間，「哎呀，已經是下午上班時間了，咱們該回公司了。」

江小媚卻沒有動，「曉柔，你先回去吧，咱倆得分開走。」

關曉柔點了點頭，朝江小媚深情的看了一眼，抬腳朝點心店門外走去。

在店裏坐了一會兒，江小媚仔細想了想今天關曉柔的表現，有些不安起來。她是女人，瞭解女人最笨的時候是動情的時候，相反，最聰明的時候也是動情的時候。她不確定關曉柔是不是對她有那種想法了，如果關曉柔真的對她動了情，那還真是個棘手的問題。

她是斷然不可能與關曉柔搞那些虛龍假鳳的事情的，但一旦關曉柔明確的提了出來，她該如何應對呢？如果直接拒絕的話，恐怕會疏遠了二人之間的關係，那麼將不利於她繼續利用關曉柔。但萬一她一時猶豫，讓關曉柔誤以為有機會，那情況將更加糟糕。

「不行，這事必須得快刀斬亂麻！」

江小媚拿起盤子上的叉子，用力的插入了盤中的糕點裏，臉上顯出了果敢決絕之色。

林東的面前放著一幅溪州市的地圖，他的眼睛已經盯在這幅地圖上有一個多小時了。

「唔……」

看的眼睛發酸，林東仰面倒在座椅上，嘴裏自言自語道：「萬源啊萬源，你到底是藏哪兒去了？」

揉了揉眼睛，放在桌上的手機響了起來，林東睜眼一看，是陶大偉打來的，便知道是他那頭有消息了。

「大偉，情況怎麼樣？」

陶大偉歎了口氣，「林東，不好意思，沒幫上忙，我跟著搜山隊進山找了一天也沒有發現萬源的蹤跡，我懷疑他很可能已經不在梅山了。」

陶大偉的話印證了林東心裏的猜測，「大偉，那就收隊吧，辛苦搜山隊的弟兄了。」

陶大偉連忙說道：「你跟我誰跟誰？還需要講這些？」

林東呵呵一笑，「對，不該跟你講究。」

陶大偉忙說道：「嘿，你小子……別忘了欠我一頓酒！」

「記得記得，地點時間都由你定。」

掛了電話，林東就把梅山一帶從地圖上劃掉了，但溪州市那麼大，排除了梅山一塊地方，剩下的地方仍是大得無邊無際，這讓他怎麼才能找到萬源呢？

久思無解，林東碾滅了一根煙蒂，拉開窗戶，讓外面的風吹進來，吹在他發熱的腦門上，有種非常愜意舒適的感覺。再想下去也是沒有結果的，林東索性就不想了，站在窗口吹了一會兒風，便想起了吳長青贈予他的那本記載了內家功法的小冊子，在辦公室走起了步，每一步都按照小冊子上所記載的那樣，起初覺得動作生澀，但過了一會兒之後就覺得有種行雲流水的暢快感，走了不到半個鐘頭，身上已是出了一身的汗。

「老闆，天氣很熱嗎？要不要我把冷氣打開？」周雲平拿著一疊資料走進了林東的辦公室，瞧見林東一腦門子的汗，微微有些詫異，照理來講，五月的室內天氣才二十來度，如果沒做劇烈的運動，應該不會出汗才對。

林東抽了幾張紙巾擦了擦額頭上的汗珠，笑了笑，「沒事，我靜一靜就好了。」

吳長青給他的那本小冊子也真是神奇，照著上面的功法修煉，居然半小時不到就淌了一身的汗，出汗之後，似乎全身上下的每一個毛孔都張開了，都在大口的呼吸，令林東覺得神清氣爽，頭腦感到了前所未有的寧靜。

周雲平把資料放了下來，笑道：「這是剛從財務那邊拿過來的，老闆，從這個月開始，咱們公司終於擺脫了長久以來的虧損狀態了！」周雲平的聲音之中難掩興奮與激動，金鼎建設公司的前身亨通地產在汪海的管理之下，連續三年嚴重虧損，而林東接手不久之後就扭轉了這種積弱的狀態。

「是嗎？」

林東也有點小激動，一直以來，他在金鼎建設公司這邊花費了大量的時間與金錢，但自從接受以來，賺錢還是第一次。林東激動的拿起桌上的報表，迅速的翻到了最後一頁，看到了那個令他哭笑不得的數字。

「收支綜合三塊七！哈哈……」

這就是扭虧為盈的第一個月的收入，微不足道的三塊七。

周雲平笑道：「老闆，上個月咱們還虧損八百多萬呢。」

林東歎了口氣，「是啊，這些天的努力沒有白費，別小看這三塊七，那可是代表著咱們公司與過去一段不堪回首的歷史的決裂啊！」

周雲平點了點頭，「以後咱們從銀行貸款就會容易很多了，接下來，是該我們放開拳腳大邁步的時候了！」

林東從周雲平眼中看到了奪目的光芒，對於周雲平，他一直有心栽培，希望有一天周雲平能單獨挑起金鼎建設公司這根大樑，於是便有意考考他，朝他笑問道：「小周，你倒是說說咱們該怎麼大邁步呢？」

周雲平略加思索，便脫口而出的道：「雖然我們走出了虧損的日子，但資金問題仍然是懸在我們頭上的大問題，不解決這個問題，公司是很難有大發展的。照我看來，咱們可以從銀行大筆借貸，以彌補資金的不足。有了公租房專案和政府良好合作的關係，加上現在公司蒸蒸日上的業績，從銀行貸款已經不是難事。有了這筆錢，咱們又該如何運用？這才是最大的難題。」

林東微微一笑：「那你打算怎麼解決這個難題呢？」

周雲表情嚴肅，就像是在做一場報告似的，「咱們公司要想在眾多房地產公司中脫穎而出，那就必須建立別人沒有的優勢！」

林東聽了覺得有些意思，點點頭鼓勵他繼續往下說。

「民住房這一塊是我們始終要抓牢的。但是這一塊競爭太大，除了本地的地產公司外，更有許多大鱷，以咱們目前的實力，還無力與那些大鱷競爭，對於這一塊，咱們只能穩步推進，如無大好機會，絕對不可以大舉進攻。我對江省十三市的辦公大樓建設情況進行過調研，全省現在共有九千八百二十三棟辦公大樓，而隨著民營公司的急劇增多，辦公大樓的需求在以每年遞增百分之二十的情況進行增長，包括溪州市、蘇城這種國內二線城市，辦公大樓也非常緊缺。我想，如果我們避重就輕，從辦公大樓這一塊入手，在這種高需求的環境之下，何愁公司不能快速發展！」

聽完了周雲平的陳述，林東禁不住鼓起了掌，他對周雲平一直寄予厚望，今天看來，他並沒有看錯人。在他看來，許多打工者，只把自己視為老闆工作的苦力，從未以公司主人的身分，站在老闆的角度去為公司的發展著想，這樣就造成了員工只會為了完成任務而工作，失去了積極主動的創造力。而周雲平不同，他的那番話足以看出他從來沒有為了完成任務而工作的想法。

「小周，說得好啊！」

周雲平被林東誇得有些不好意思了，笑了笑，「老闆，其實這都是你教我的，就算是我不說，你心裏肯定也早就想好下一步該怎麼走了，是不是？」

林東微微一笑，不置可否。的確如周雲平所言，他在接手亨通地產之初便把眼光瞄準到了辦公大樓這塊逐漸變大的蛋糕上了。

「老闆，沒什麼事情我就先出去了。」周雲平退出了林東的辦公室。

林東又把目光鎖定到了桌上的那幅地圖上，這一下，他跳出了之前的固定思維，不再關注梅山那一片，仔細思考萬源可能去的地方。他想，萬源雖然在溪州市有家，但是他肯定是不敢回去的，他現在還是通緝犯的身分，那麼還有什麼地方他可以去呢？

會不會有朋友幫他？

林東想到了這一點，隨即又搖了搖腦袋，這種情況幾乎是不可能的。萬源最好的朋友汪海現在在牢裏，而商場之中爾虞我詐，其他的人看到他現在落難，不踩上兩腳已經算是不錯的了，怎麼會有人幫他？

他猛然想到了一個人，金河谷！

萬源與金河谷勾結在一起已經是確鑿的事情，他們兩個互相利用，林東心想如果他是萬源，此時此刻也一定會想到要向金河谷求援。

想到這兒，他不由得激動起來，用力一捏，手中的簽字筆吃不住那力道，竟被他折斷了。但仔細一想，天大地大，金河谷把他藏在了什麼地方都有可能，這要他如何去找呢？

漫無目的的搜尋，只會徒勞罷了。

就在這時，桌上的電話忽然響了起來。

林東一看號碼，是高倩打來的，看了一下時間，還沒到五點鐘，心道難道她今天下班那麼早嗎？

「喂，倩，什麼事啊？」

高倩在電話裏笑道：「林東，今天事情結束得早，我們一起回蘇城看看羅老師好不好？最近太忙，我已經有些日子沒去看他了。」

林東笑道：「好啊，現在我手頭上也沒什麼要緊的事情，要不現在就直接過去吧？」

高倩道：「好，我二十分鐘後到你公司樓下，你收拾一下。」

掛了電話，林東簡單整理了一下桌上的東西，拿起外套就朝門外走去。

「小周，我下班了，有事情你處理一下。」

周雲平立馬站了起來，「好的，老闆。」

第五章

異常體質

林東得了財神御令之後，體質發生了很大的變化，不僅行動敏捷，而且力氣奇大，這些日子修煉吳長青給他的內家功法，雖然只是初學，卻已窺得了門奧，體內已生出了一股纖弱的內勁。

林東從車庫裏取了車，開到外面沒幾分鐘，就見到了高倩的紅色法拉利降速朝他駛了過來。林東搖下車窗，高倩在他的車旁停了下來。

「走吧。」二人異口同聲的說道。

一路暢通無阻，用了一個半小時就來到了醫院。

林東和高倩手牽著手走進了住院部的大樓，俊男靚女無論走到了哪裏都會引來無數回頭的目光，一進醫院，二人就感受到了周圍目光火熱的溫度。

推開羅恒良所在的特級病房，老護士正在給羅恒良熬稀飯。做法是上次柳枝兒教給她的，非常簡單，做了兩次之後，她已經非常熟悉了。

「林先生、高小姐，你們又來看望羅老師啊。」老護士熱情的和他倆打招呼。

林東微微一笑，「阿姨，我乾爹最近怎麼樣？」

老護士道：「時好時壞，不過羅老師很堅強。」

羅恒良的病情一直是林東心裏頭懸著的大石，雖然給他安排了最好的醫院，但是畢竟羅恒良患的是肺癌，不是有錢就可以治好的。林東也是第一次感受到金錢力量的微弱，這玩意可以買來千頃豪宅，可以買來飛機遊艇，但卻是買不來生命。

高倩見老護士拿著勺子在電鍋裏舀來舀去，見到是稀飯，便過去問道：「阿姨，這是給羅老師吃的嗎？」

老護士點點頭，「是啊。」

高倩臉一冷，帶著責備的語氣說道：「阿姨，你是怎麼搞的？這稀飯能有什麼營養啊，怎麼能讓羅老師吃這個呢？」

老護士一見高倩急了，嚇得驚慌失措，她可不想失去這份待遇優厚的工作，連忙說道：「高小姐，請你別生氣，羅老師他就愛吃這個，是他要求的。」

聽了這話，高倩的火氣小了些，「是他要求的你就敢去買嗎？有沒有問過我們的意見？」

老護士不知柳枝兒與林東的關係，脫口而出說道：「這個……不是我們買的，是一位小姐送過來的，那小姐和羅老師認識。」

林東聽了這話，臉色霎變，生怕老護士把柳枝兒的名字說出來。

高倩不是糊塗人，羅恒良在這邊除了林東之外，根本沒有什麼認識的人，哪會有什麼小姐送東西給他呢？難道是……

此刻，高倩的腦海裏浮現出一個名字。

這時，羅恒良從房間裏走了出來，他在裏面聽到了高倩訓斥老護士，趕緊出來替老護士解圍。

「小高啊，別怪她，我喜歡吃這個，而且這是粗糧，吃了對身體也好。」

高倩上前挽住羅恒良的胳膊，笑道：「羅老師，你說的我都知道，但是稀飯畢竟沒什麼營養嘛，你現在正生著病，我覺得還是多吃點有營養的東西比較好，老喝稀飯怎麼成？」

羅恒良看著這未來的乾兒媳婦，樂呵呵的說道：「好，小高，我聽你的，以後少喝稀飯。」

林東在一旁捏了把汗，生怕高倩追著問是誰送來的棒子麵，好在是虛驚一場。

「羅老師，稀飯好了。」老護士盛了一碗放在餐桌上。

羅恒良笑道：「你們兩個要不要來一碗？」

「乾爹，我要喝一碗，好久沒喝稀飯了，怪想的。」林東坐在餐桌旁，老護士端了一碗給他。

高倩見這爺兒倆都喝了起來，也不知道這東西好不好喝，有心嘗一嘗，笑道：「阿姨，也給我來一碗吧。」

「好的。」老護士笑著給她端來一碗。

高倩握著她的手說道：「阿姨，剛才是我態度不好，你別往心裏去啊。」

老護士做了那麼多年的護士，早就習慣了挨罵受氣，還是頭一次見到高倩這樣的千金小姐，感動萬分，「高小姐，我不會往心裏去的，請你放心吧。」

剛出鍋的稀飯很燙，難以下口，林東和羅恒良拿勺子攪著碗裏的稀飯，一邊攪動一邊聊天。高倩則饒有興致的聽著他們聊老家那邊的事情，不時的會插上幾句。

陪羅恒良吃過了晚飯，高倩和林東帶著他到住院部後面的花園裏走了走。一個小時之後，把羅恒良送回病房，二人就離開了醫院。

「東，我們有很久沒有一起看過電影了吧？」

高倩此刻的內心非常矛盾，女人的直覺告訴她，柳枝兒來到溪州市並非是巧合，很可能就是林東安排的。如果真是那樣，那麼他們之間現在又是怎樣的關係呢？

她不敢往下想去，作為一個女人，她是多麼想要擁有一個完完整整屬於她的男人，而這似乎已經成為了一個不可能實現的夢想。她的男人不是普通人，是一個走到哪裏都光芒萬丈的成功人士。正如許多事業有成的男人一樣，身邊總是少不了一些鶯鶯燕燕的圍繞。

高倩想到了自己的父親高紅軍，父親對母親的愛是毋庸置疑的，但這麼多年來，父親身邊的女人總是換了一個又一個。或許這就是男人的天性吧，心可以忠於一個女人，身體卻是另當別論。

「想看電影了？」林東笑問道。

高倩點了點頭，「想和你一起看。」

林東牽起她的手，「走，那我們現在就去。」

高倩臉上浮現出一絲複雜的笑容，林東只顧拉著她的手往前走，卻沒有注意到她臉上的神情。

二人驅車來到影城，今天是週五，影城裏人滿為患，門前排了長長的隊。

下了車，林東對高倩說道：「倩，你到大廳的沙發上坐著休息休息，我去排隊買票。」

高倩木然的朝沙發走去，看著排在長龍尾部的林東，不知不覺中，眼前已變得朦朧起來。她曾無數次幻想過知道林東有了別的女人之後的反應，她想她會大聲的質問林東，或者是打他幾巴掌，但是真的事到臨頭，高倩卻發現心裏除了傷心與矛盾之外，她根本提不起一絲的恨。

或許，在愛上她之前，林東心裏便有了那個女人。

「柳枝兒，你到底是誰？」

前面排著上百人，林東耐心的在排隊，以他現在的財力，完全可以包場，但那樣就沒有意思了，來電影院看電影，圖的就是那個氣氛，所以他寧願在這裏慢慢排隊。林東不時的朝高倩那兒看幾眼，發現高倩一直低著頭，似乎是在想什麼事情。

過了許久，高倩擦了擦臉上的淚水，從包裏拿出化妝用的東西，給臉上補了補妝，看林東前面仍是排著好幾十人，以這樣的速度，等到他買到了票，估計也是看午夜場了。

高倩拿出手機，猶豫了一會兒，給林東發了一條簡訊，「東，你願意為我排多久的隊？」

林東看到這則簡訊，皺了皺眉頭，心想著高倩這話裏的意思，回道：「只要你想看，不買到票我就不走。」

高倩很快回覆了她，「只會對我一個人這樣嗎？」

林東心裏的疑惑更濃了，這簡訊怎麼看味道都不對，朝休息區的高倩望去，見她還低著頭，根本看不到臉上的表情，「倩，怎麼了？」

「你回答我！」高倩的語氣顯然加重了。

林東看著句尾那顯眼的感嘆號，真不知該如何回答高倩，原來騙一個不願意騙的人是那麼一件痛苦的事情。林東意識到出事了，可能高倩已經知道了一些事情。而他自問除了感情這方面，其他都對高倩問心無愧，如果出事了，也是因為這個。

這個簡訊他不知道怎麼回，在他心裏，的確是有幾個女人與高倩的地位不相上下，正當他不知所措之時，高倩已經笑著朝他走來了。

「倩，我……」

等到高倩到了面前，林東一下子變得不會說話了。

高倩揚了揚手中的兩張電影票，「走了，票我搞來了，不用排隊了。」

林東怔怔的看著高倩的笑臉，第一次覺得她是那麼的深沉，深沉的有點讓他摸不清楚底細。

「你怎麼搞到票的？」林東訝聲問道，有些沒話找話講的感覺。

高倩笑了笑，「這麼跟你說吧，蘇城所有的電影院，我想要票或者想包場，那都是一句話的事情。」

高紅軍涉足的多半都是娛樂行業的生意，蘇城所有的院線，高家多多少少都占有些股份。

「還有十分鐘就進場了，咱們得快點上樓去了。」高倩道。

「等我一下，我去買點東西。」林東說完就快步跑走了，高倩在原地等了他一會兒，見他拿著爆米花和飲料走了過來。

「怎麼還是買一份啊？」

兩人剛戀愛的時候經常出來看電影，每次買零食林東都只給高倩買一份，那時候他經濟拮据，那麼做也情有可原，而現在的他身家過億，如果還是為了省那點錢，這就令人費解了。

林東笑了笑，「倩，你要知道，不管我變得多麼有錢，其實我還是當初那個窮得叮噹響的窮小子。」

高倩明白他話中的意思，林東是在告訴她，無論如何，是沒有人能夠取代她的地位的。

「我們上樓吧。」

高倩主動挽上林東的胳膊，林東手裏拿著飲料和爆米花，二人朝電梯走去，各自的心中都有一股暖流在激蕩。

高倩心中已經有了決定，既然林東對她的感情並未改變，其他女人也無法威脅到她正妻的地位，那麼就隨他去吧，適當的時候，她甚至可以和林東開誠佈公的談一談，現在的女人漂亮的多得是，但心好的卻沒幾個，她可不願見到自己的男人戰勝了無數強敵，卻在女人身上翻了船。

二人憑票入場，看的是一部輕鬆搞笑的動作片。

看完電影之後，二人離開了影城，晚上都只喝了一碗稀飯，現在都覺得肚子有些餓了。

高倩提議道：「東，咱們有多久沒去路邊吃大排檔了？」

林東笑道：「記不清了，反正自從你掌管東華娛樂公司之後，就變得比我還忙，除了早飯，咱倆一周也難得在一起吃幾頓飯。」

「我餓了，要不咱們去吃大排檔吧？就你以前經常帶我去吃的地方。」高倩興奮的說道。

林東搖了搖頭，「你說的是大豐新村那地方吧，那地方早就拆了，要想吃，咱們就得去別處了。」

高倩還真是有些懷念大豐新村路邊大排檔的味道，聽了這話，面露失望之色，「那好吧，還有什麼其他地方的大排檔好吃啊？」

「去夜市吧，咱開車過去，大概二十分鐘就能到。」林東提議道。

高倩點了點頭，「好，那就去夜市吧。」

夜市在蘇城的西郊，那兒是個魚龍混雜之地，居住著許多外地人，每到夜裏，有塊近百畝的空地上就擺滿了各式各樣的小攤，賣什麼的都有，但最出名的卻是那裏的大排檔，也因此才逐漸積攢了人氣。

二人開車到了夜市週邊，找了地方把車停好，便下車步行走過去。夜市內人群熙熙攘攘，根本無法容車通過。

對於這兒的其他東西，他們沒有興趣，直奔位於夜市背面的大排檔去了，離著老遠就聞到了誘人的香味。

林東牽著高倩的手，來到了一家大排檔前面，正好有一桌人剛吃好，老闆正在收拾桌面。

「二位，這邊坐吧。」老闆招呼道。

林東從口袋裏拿出紙巾，替高倩把凳子桌子擦了擦，然後看了看大排檔前面小黑板上寫著的菜名，報了幾個以前和高倩常吃的。

林東和高倩一坐下，周圍的目光就射了過來，他們兩個無論是穿著還是氣質，都與周圍的環境格格不入。

「喂，哥幾個，瞧見沒，好漂亮的小娘皮啊！」

不遠處的一桌坐著五六個染著黃髮一副痞子相的年輕人，臉上掛著輕浮的笑意，眼睛直勾勾的看向高倩那邊。

高倩秀眉微蹙，厭惡的朝那幫小混混們看了一眼。

這表情落在那五六個黃毛眼裏，倒像是故意挑逗他們似的，引得那幾人春心蕩漾，更加肆無忌憚起來，朝這邊吹起了口哨。

林東背對著那桌，剛才倒是沒有瞧見，聽到背後響起的一陣口哨聲，回頭看了一眼，微微皺了皺眉，原本大好的心情被破壞了不少，輕聲對高倩說道：「倩，要不要換個地方？」

高倩搖搖頭，笑道：「不必，這兒挺好，到別處哪有這裏熱鬧。」

「只怕被不相干的人打擾了興致。」林東低聲說道。

高倩瞧了瞧那邊，笑道：「他們嗎？東，你忘了我爸是誰了吧？這些人，我可是從小就打過交道的，還會怕他們？」

林東笑著點了點頭，「這倒也是，在蘇城這塊地界，什麼樣的小混混敢欺負到你高大小姐的頭上，除非是瞎了眼的。」

二人正說笑著，胖胖的老闆娘便將林東要的幾個菜一一端了上來。

「二位，要不要來幾瓶啤酒？冰鎮的常溫的都有。」老闆娘搓著手站在桌旁笑問道。

「那就來兩瓶吧，常溫的。」高倩答道，這個天氣，還不至於要喝冰鎮的。

林東拿起一瓶，給桌上的兩個紙杯裏倒滿了啤酒，端起杯子，「倩，你現在有沒有想起什麼？」

高倩與他乾了一杯，緩緩說道：「想起了曾經和你在大豐新村吃大排檔的事情，雖然時隔還不到一年，但對比起那時的境遇，我倒是沒太多變化，而你身上卻是發生了天翻地覆的變化。」

林東知道她話中的意思，他最大的變化，就是從一個三餐不飽的窮小子變成了名聲鵲起的青年俊傑，想到這兒。林東也覺得有種恍如隔世的感覺，問道：「倩，當初你和我談戀愛的時候，有沒有想過我會有今天？」

高倩搖了搖頭，「東，那時我只覺得你身上有股子其他男生沒有的衝勁，知道你的成功是早晚的事情，但真的沒想到成功來得那麼快那麼大。」

「唉，我是窮怕了，做夢都想著發財。」林東想起以前艱辛的日子，不由得心生感歎。

高倩笑了笑，「其實當時見你那麼辛苦，我心裏也挺不忍的，心想著反正我家裏不缺錢，想叫你不要那麼拚命，但卻不知道怎麼開口。」

「幸好你沒開口。」林東夾了一筷子的乾煸豆角給高倩。知道她喜歡吃這個菜。

二人隨意的聊著，多數的時候都是在回憶以前的時光。

小混混們坐的那桌上擺滿了酒瓶，桌腳四周啤酒瓶滾了一地，一個個喝得臉紅脖子粗，嘴裏也是髒話連篇。

「哥幾個，說好了啊，瓶口轉到誰，誰就去把那小娘皮叫過來陪哥幾個喝酒。」

「好啊，誰耍賴誰就是一狗子。來，轉！」

老六一隻手把桌上的碗碟撥到一邊，放倒一個酒瓶，用力一扭。啤酒瓶就在桌上快速的轉動起來。這地方雖然吵鬧，但剛才這夥人嚷嚷的聲音極大，林東和高倩離他們不遠，各自都聽到了剛才那幫黃毛嘴裏不乾淨的汙言穢語，二人對了一眼，臉上都露出不悅之色。

桌上的啤酒瓶緩緩的轉動，搖搖晃晃的發出幾聲脆響之後便停止了轉動，桌旁六人全部都盯著那只酒瓶。

「哈哈……老六，這下你跑不了了吧！」剩下的五人一起起哄，而只有剛才轉動瓶子的老六臉上一副不樂意的表情。

老六把桌子一拍，按著桌面站了起來，「我老六說話算數，兄弟們，瞧好怎麼把那小娘皮請來吧！」

老六順手操起一隻啤酒瓶，瓶子裏還有半瓶酒，咕嘟灌了一大口，頂著個通紅的大腦袋，歪歪扭扭的朝不遠處高倩坐的那個桌子走去。

老六還沒走到近處，林東就聞到了背後傳來的濃烈酒氣，掉頭一看，見一個模樣約二十三四的黃毛小年輕正拎著酒瓶朝這兒走來。

他看了一眼高倩，高倩卻是神色自若，夾了一口菜放進嘴裏，神情愉悅的咀嚼起來，這份淡定從容，不是因為她沒有看到正朝這兒走來的老六，而是根本沒把這名小混混當回事。

既如此，林東也就放下了心中的擔憂，仔細想想，在蘇城這塊地界上，誰敢動道上扛把子高五爺的親閨女？給高倩碗裏夾了一筷子涼拌黃瓜，坐等老六過來，倒要看看這傢伙想要幹嘛！

老六喝得醉醺醺的，歪歪扭扭走到高倩跟前，「砰」的一聲把手中的酒瓶扎在了桌上，震得桌上的盤子都跳了一下。

「小妞，來，到哥們那桌，陪兄弟們喝杯酒唄。」

林東斜眼看了一下老六，心中暗道，還真是有瞎了眼敢在太歲頭上動土的，放下酒杯，雙臂抱在胸前，若是這小黃毛敢動手，他有信心搶在之前讓這傢伙倒下。

老六見高倩只顧吃菜，半晌不見她回話，似乎連看都沒看他一眼，頓時怒從心生，大手一拍桌子，怒吼道：「老子跟你說話，你聽見沒？」

高倩自始至終沒有抬眼看他，這時仰起臉朝對面的林東笑了笑，親暱的問道：「親愛的，怎麼不吃了？」

林東臉上露出溫柔的笑意，笑著說道：「有隻蒼蠅亂飛，耳朵邊不清淨，沒了食欲，可惜這一桌子好菜了。」

老六雖然喝高了，但還能聽得出這話裏的譏諷之意，想起這一男一女對他的冷漠與輕蔑，怒火中燒，一把就把桌子給掀翻了，碗碟摔了一地。

「老子問你話呢！」

這夜市因為熱鬧，是個魚龍混雜之所，所以也是個比較容易滋生事端的地方，常有打架鬥毆的事情發生，尤其是大排檔這一片，更是小混混們最喜歡光顧的地帶，打架鬧事這種情況屢見不鮮。

許多食客一見這邊擦起了火，就都丟了飯碗，趕緊溜之大吉，以免城門失火殃及池魚。大排檔的攤主們見人都跑了，有些還是沒結賬的，也來不及追上去要錢，趕緊收拾東西，免得待會東西被砸了。

林東站了起來，個頭足比老六高半個頭，俯視著他，一雙眼睛如鷹眼一般銳利兇橫，令老六不禁膽寒，從地上操起一個啤酒瓶握在手裏，稍微覺得多了些安全感，挺起了胸膛，瞪著眼睛怪聲怪氣的道：「看什麼看，有種打老子啊！」

老六是篤定林東不敢對他動手的，他身後還有五個兄弟，就算這大個子厲害，也雙拳難敵四手，他就不信，眼前這瘦高個一個能打六個。

「問你借樣東西。」林東的臉上浮現一絲淺笑，看上去極有禮貌的樣子。

老六的臉上有一剎那浮現出錯愕的表情，竟開口問道：「借啥？」

話音未落，林東出手如電，只是一瞬間，老六手裏的啤酒瓶子就被他奪了過來，轟然砸下，「啪」的一聲脆響，酒瓶炸裂開來，玻璃碴子落了一地，老六發出一聲淒厲的慘叫，身子一軟，人就倒了下去，臉上的幾條血線觸目驚心。

老六的同伴這才意識到事情不妙，紛紛提著酒瓶跑了過來。

林東朝高倩望了一眼，「倩，保護好自己。」腳一挑，把地上的一隻折凳挑到了高倩手裏。

林東雖然不害怕剩下的五人，但為免被這幫人合圍，陷入戰局無法迅速脫身，便趁那五人立足未穩之際，果斷出擊，拳腳並用，力爭一招制敵。這五人本來就不是什麼厲害角色，只是普通的地痞，平時仗著人多為非作歹，遇到了稍微厲害一點的立馬就露出了底子。在前面三個被林東撂倒之後，後面兩個果斷的掉頭就跑，哪管什麼兄弟義氣。

林東迅速解決了麻煩，回到高倩身邊，拉起她的手緊張地問道：「沒事吧？」

高倩見他擔驚受怕的模樣，知道這是對自己的關愛，伸手摸了摸林東的臉，笑道：「沒事，毫髮無損。」

「這地方不能久留，咱們現在就走。」

林東說完，從錢包裏掏出三百塊錢，揉成了團丟給了在攤位後面瑟瑟發抖的店老闆夫婦。

二人手牽著手，一路小跑，迅速消失在了人群之中。

那兩名逃了的地痞，跑了一段之後，見林東沒有追上來，停下來大口的喘息著。

「今天遇上硬碴子了！」

這二人剛喘了幾口氣，見前面二三十人走來，頓時臉上露出喜色來。

「雞哥……」

那群人中為首的那個朝這邊望去，走到前面，瞧見二人慌張的模樣，沉聲問道：「老四，你哥倆這是怎麼啦？」

老四喘著粗氣說道：「雞哥，老六腦袋被人開了瓢了，其他三個都在地上躺著呢。雞哥，這事你不能不管啊！」

夜市屬於雞哥的場子，老六幾人都是雞哥的手下，雞哥一聽這話，頓時就炸毛了。「是誰吃了熊心豹子膽了，人呢？人在哪裏？」

「就在老牛大排檔那邊！」老四眼見有雞哥這幾十人在這兒，頓時覺得腰杆硬了起來，帶著雞哥這群人朝大排檔那邊跑去，到了那兒，發現林東和高倩已不見了蹤影。

雞哥把躺在地上的老二拎了起來，「把你們撂倒的人呢？」

老二指了指方向，「朝那邊跑走了。」

雞哥一皺眉，轉身對弟兄們說道：「大家抄近路去南門！」

沒有人比這群人更熟悉夜市的了，他們抄了近路，搶在林東和高倩的前面到了南門。

林東和高倩因為對這裏不熟悉，又在擁擠的人群中繞了一圈，等到走到南門那兒，瞧見已有幾十人堵在了門口，站在前面的，就有兩個是剛才從他手上逃脫的。

「毀了，一念之仁放走了兩個，這下可糟糕了。」

林東握緊了高倩的手，對她說道：「倩，這事情看來沒那麼好解決了，你趕緊給李龍三打電話，我去應付這幫人。」

雞哥這群人根本不認識高倩，若是知道眼前這女的就是高紅軍的獨女，給他們十個膽子，他們也不敢惹高倩。

雞哥一見是個漂亮的女人，心裏便知道是怎麼回事了，肯定又是老六這幾人起了色心，不過這也不能怪老六，都是他這個老大沒帶好頭，欺男霸女的事情做得多了，連累手下也都跟他學壞了，見了漂亮的女人就想弄上手。

林東走上前去，目光鎖定在雞哥的身上。「你是領頭的？咱們談談吧。」

雞哥的兩隻鬥雞眼露出興奮的光芒，賊兮兮的在高倩全身上下游走，聽到林東說話，看了他一眼，咧嘴笑道：「想和談是吧？可以啊，不過你得把這小娘們留下來陪你雞爺一晚。」

林東眉峰一挑，心中依然盛怒。「你肯定會為你這句話而後悔的！」他點了根煙，深深吸了一口，才堪堪壓住心裏的火氣。

雞哥知道林東一個人撂倒四個，必然有些本事，但他身後站著三十幾人，壓也把他壓死了。對於林東剛才的那句話，他根本沒放在心裏，嘿嘿笑道：「孫子，雞爺長那麼大還不知道啥玩意叫後悔！今晚要是讓這麼漂亮的女人從我手上溜了，那雞爺我才會後悔一輩子。」

趁著林東和雞哥說話的空隙，高倩已給李龍三發了簡訊，並已收到了李龍三的回覆。

林東知道李龍三趕到這兒還得一段時間，在李龍三未到之前，這裏無論發生什麼事情，都得由他自己解決。

雞哥瞧見林東臉上神情變幻，似乎在思考著什麼。老四在一旁嘀咕道：「雞哥，別跟他廢話了，這孫子是在拖延時間，我看後面那女的剛才拿手機了。估計是報警了，快點吧，否則條子來了就不好辦了。」

林東身上有點雞哥琢磨不透的感覺，本想再觀察一會兒，聽了老四這話，覺得大有道理，指著林東，「揍他！」一揮手，身後的地痞便湧了過來。

事已至此，林東也只好迎戰，往後叫一聲讓高倩保護好自己，便朝著湧來的地痞們迎了上去。

得了財神御令之後，林東的體質在悄悄中發生了很大的改善，不僅行動敏捷，而且力氣奇大，這些日子修煉吳長青給他的內家功法，雖然只是初學，卻已窺得了門奧，體內已生出了一股纖弱的內勁。

林東踹倒幾個最前面的地痞，畢竟雙拳難敵四手，身上也挨了幾下，雖然很痛，但都是皮肉傷。疼痛激起了他體內隱藏的野性，林東下手逐漸重了，被他擊中的，盡數骨折，一時間哀嚎之聲不絕於耳。

這種不要命的打法傷敵七分，自傷三分，林東身上的衣服已被匕首等利器割破，背後已露出密密麻麻的血口，白色的襯衫化作碎縷，沾著鮮血，上下翻動。地痞們也被林東激起了血性，都朝他湧來，倒是無一人去抓林東身後的高倩。

雞哥沒想到林東會那麼悍不畏死，而且居然有這麼強的戰力，眼看著已經倒下了十來個小弟，腦門子上急的都是汗，厲聲叫道：「都圍著這孫子幹嘛？抓住那女的，看他還敢不敢還手！」

眾人聽了這話，恍然大悟，有幾個離得近的，當場就撤出了戰圈，朝高倩撲去。高倩從小就習武，雖然沒怎麼用心學習過，但幾個地痞流氓根本近不了她的身，率先撲來的兩個，被她的近身格鬥扭斷了胳膊，瞬間便失去了戰鬥力。

雞哥頓時就傻眼了，連個女人都那麼厲害，再朝林東望去，這傢伙卻是越戰越勇，一個人打趴下了十幾個，居然一點都看不出疲憊。

林東左右開弓，這幫人打趴下一個又補上一個，不知何時才能打完，如果他撐不住了，那身後的高倩可就遭殃了，心思急轉，朝站在最後面的雞哥望了一眼，雞哥頓時覺得一道寒光射來，心裏咯噔一跳，一種不祥的預感湧上心頭。

「擒賊先擒王！」

林東心裏抱定這個念頭，奮力往前邁去，只要讓他接近雞哥，他就有把握將這傢伙一舉擒獲。

正當他接近雞哥之時，忽然覺得腰胯間一痛，耳朵裏聽到衣服被利刃割破的聲音，低頭一看，一把匕首帶著鮮血從他的襯衫裏穿了出來，閃爍著寒光。

林東扭頭望去，瞧見了老四獰笑的臉，這廝從後偷襲，一招得手，居然還想再刺，卻被林東奮起餘力，一拳砸中了鼻樑，頓時就鼻血四濺，仰頭倒了下去。

林東感覺到傷口並不是很深，也未傷中他的要害，只是身子一動，受傷處便傳來撕心裂肺的疼痛，令他手上的動作慢了幾分。高倩打翻幾個地痞之後，朝林東望去，一眼就瞧見了他腰間被鮮血染紅的白色襯衫，掩嘴驚呼出來，淚水奪眶而出，不顧一切的朝林東衝來。

「倩，你快躲開！」

高倩來到了他的身旁，令林東更加心煩意亂，揮臂將她攔在身後，單憑一手應付這幫不要命的地痞。

高倩伸手朝他腰間摸了一把，滿手都是嚇人的鮮血，不禁痛哭呼喊：「李龍三，你怎麼還不來呀！」

正當此時，忽然從門口駛進來三輛摩托車，車上的人被這邊的打鬥吸引，都停下了車。

來的是李家三兄弟，這哥仨兒是過來吃飯的。

「哥，那男的有點像林東。」李老三說道。

李老大和李老二一皺眉頭，丟了車，跑了過來，一見果然是林東，二人的臉色瞬間變得刷白。

「阿雞，你在幹什麼？」李老二怒不可遏的吼道，頭髮都豎了起來，如鋼針般直立。

阿雞瞧見了李家哥仨兒，嚇得魂都沒了，「大爺二爺三爺，這孫子打傷了我們幾個兄弟，我……」

「啪！」

李老二狠狠的搧了阿雞一記耳光，猛地一腳把阿雞踹翻在地，地痞們見此情形，個個不明所以，都停了手。

「都給我讓開！」

李老二撥開人群，走到林東身前，一低頭就看到了他腰間的傷口，再瞧林東身旁的女人，險些嚇得暈死過去。李老大和李老三也隨後趕了過來，看到林東旁邊的高倩，一個個都變得面如土色。

「完了，西郊要易主了。」李老三仰天乾嚎一聲，蹲在地上，掩面痛哭起來。

阿雞爬了過來，到現在還未明白為什麼三個老大為什麼會有這種反應。他以疑惑的目光朝李老大望去，卻見李老大投來的目光似要殺了他似的，憋在肚子裏的話立馬咽了回去。

「高小姐，有沒有傷著？」

李老二最關心的是高倩，眼睛在高倩渾身上下仔仔細細掃了幾遍，確定高倩沒受傷之後，才把目光移到林東身上，目中露出乞求之色。

林東當然知道李家兄弟害怕的是什麼，但這事並不是他說了算，高紅軍知道之後，該怎麼處理他絕不會過問，對於李老二投來的乞求目光，他沒有給予任何回應。

這時，門外傳來一陣陣馬達聲，不知哪個小痞子喊了一聲，當場除了林東和高倩之外，所有人都嚇得體如篩糠。

「李龍三來啦……」

剛才還是鬧哄哄的一片，隨著李龍三走進了門，一時間變得死一般的靜寂。趴在地上的阿雞這才彷彿意識到了什麼，想起剛才李老二稱呼那女的為「高小姐」，腦中忽然閃過一道電光，嚇得暈死過去。

李龍三看也沒看這些人一眼，走到高倩身前，緊張的問道：「倩小姐，你沒事吧？」

高倩只是垂淚，李龍三知道她一向剛強，在高家做事十幾年，從未見過她哭過，更別說哭得如此傷心了，往旁邊的林東瞧了一眼，「你受傷了？我送你去醫院。」

林東吸了一口氣，壓住傷口處傳來的疼痛，從身上摸出煙點著，吸了一口，「我不要緊，這裏的事情交給你處理了。」

高倩扶著林東，二人緩緩朝門外走去。

李龍三背對著門，站立的位置所有人都看不到他的表情，沒有人發現他臉上閃過的一抹笑容。

第六章

達成夙願的機會

高五爺早有吞併西郊的打算，但礙於西郊是李老瘸子鎮守的地盤。
李老瘸子是高紅軍的長輩，所以這麼多年來，
他雖然搶了李老瘸子的很多生意，但卻沒動李老瘸子的地盤，
而一統蘇城一直是他的夙願，的確如李龍三所說，
這次的突發事件，的確是上蒼賜予他達成夙願的機會。

高倩開著車，載著林東直奔醫院。已經有很久，林東都未從她臉上見到如此焦慮擔憂的表情，快一年沒開過快車的她，今夜又像是回到了一年前，紅色法拉利在她的操控之下，驚人的馬力得意爆發，如一頭解脫了封印的上古猛獸般橫衝直撞。

林東一隻手壓住傷口，以免更多的鮮血往外流，另一隻手裏夾著半根煙，感到疼痛時便吸上一口。

「倩，慢點，我的傷不打緊的。」

高倩的車擦著一輛貨車衝到了前頭，林東驚出一身的冷汗，如果開貨車的司機剛才往旁邊一歪，他倆就肯定免不了車翻人亡的命運。

高倩卻是沒有放慢半點速度，扭頭瞧了一眼林東腰間被鮮血染紅的衣衫，帶著哭腔說道：「還說不要緊？你看，流了多少血了。」

車子開進了九龍醫院，林東看到醫院大樓上閃爍的霓虹燈招牌，不禁苦笑了一聲，他怎麼也沒想到晚上會再來一次這裏。

停好了車，高倩就扶著林東進了急診室。高紅軍是九龍醫院的股東之一，醫院一干醫護人員都認得高倩，見是她的男朋友受了傷，不敢怠慢，趕緊把值班的醫生叫了過來。

急診室裏，值班醫生替林東脫去了上衣，皺眉看了看傷口，面無表情的對林東說道：「別擔心，沒有傷到要害，我替你處理一下傷口，靜養些日子就好了。」

高倩在急診室外面焦心的等待，只覺時間過得十分緩慢。每一分一秒竟都如此的難捱。她不時的看腕錶，也不知看了多少次，急診室的門終於開了，帶著白色口罩的值班醫生走了出來，恭恭敬敬的對高倩說道：「高小姐，林先生的傷口沒什麼大礙，我已替他處理過了，靜養一段時日就能恢復。」

高倩皺著眉頭，有些苛責的問道：「醫生，你瞧仔細了沒？他流了那麼多的血。」

醫生微微笑道：「高小姐，請相信我的專業素質。林先生身體強健，且那一刀並未傷到要害，過不了多久，他一定可以痊癒的。」

高倩歎了口氣，露出一臉疲憊的神情，揮了揮手，然後便走進了急診室裏，握住林東的手，無語凝視。

林東擦了擦她臉上的淚痕，溫柔的說道：「妝都哭花了，像個花臉貓似的。」

高倩低頭瞧見他腰上纏著的白色繃帶，上面還染著點血漬，開口問道：「感覺怎麼樣？」

林東道：「還好，就是有點倦了。」

高倩道：「那你在這等著，我現在就去給你要一間特級病房。」說完，就要往門外走去，卻被林東拉住了手。

「剛才我問過醫生了，我這傷不需要住院，這幾天按時過來換藥消毒就可以了。」

高倩咬著嘴唇，思慮了一會兒，「東，我看我們還是住院吧，這樣保險一點。」

林東搖了搖頭，「我不喜歡醫院裏的環境，見到的大多數人都是愁眉苦臉的，影響心情，對傷口恢復沒好處的，還是回家吧。」他不想住院還有一個原因，就是害怕被羅恒良看見，而讓羅恒良擔心牽掛。

高倩點了點頭，「那好吧，咱們回家住去。」她見林東精赤著上身，穿來的衣服已經被丟進了垃圾桶裏，說道：「你在這等我一會兒，我去給你找件外套過來。」

高倩出了門，正猶豫著是不是去找值班醫生要一件衣服過來，剛才那值班的醫生體型就與林東相仿，而就在此時，樓道裏響起了一陣雜亂的腳步聲，李龍三帶著幾個得力的助手邁著急亂的步伐朝這裏走來。

幾人走到高倩面前，齊聲說了一句：「大小姐好！」

高倩的目光從李龍三身上掠過，掃了一眼他身後的幾人，指了指其中的一個，

「何泉，衣服乾淨嗎？」

何泉不明所以，點頭說道：「倩小姐，今早剛換的。」

「脫下來。」高倩冷冷道。

何泉的眉頭皺得更緊了，猶豫不決，「這……」

李龍三喝了一聲：「何泉，倩小姐的話你沒聽到嗎？」

何泉立時渾身一顫，麻溜的把外套脫了下來，伸手遞給了高倩。

高倩接過外套，扭身進了急診室。

何泉到現在還滿頭霧水，小聲問幾個同伴，「倩小姐要我衣服幹嗎？」

不一會兒，就見高倩攙扶著林東走了出來，而何泉的衣服已經穿在了林東的身上。

李龍三沉聲說道：「倩小姐，能不能單獨與你說幾句？」

「倩，我在前面等你。」林東往前走去。

李龍三低聲對高倩說道：「西郊那幫地痞膽敢冒犯你，他們罪不可赦！倩小姐，對於這件事你可有什麼吩咐我去做的？」

「沒有。」

語罷，往前走了幾步，高倩又扭頭說了一句，「你們看著辦吧。」

李龍三正在細細品味高倩最後的那句話，等他回過神來，高倩已經挽著林東走到了門口，趕緊帶著人追了過去。

高倩正想開車送林東回去，就見李龍三幾個跑了過來。

「倩小姐，我讓他們幾個送你們回去吧？那樣路上會安全些。」李龍三在後面說道。

林東回頭朝他笑了笑，「三哥，不必了，時間很晚了，你帶著弟兄們回去休息吧。」

李龍三也沒說什麼，帶著手下幾個兄弟，坐上車走了。

高倩開車到了林東家樓下，二人一下車，就見漆黑的樓道裏躥出一個黑影。

林東下意識的擋在高倩前面，沉聲道：「誰！」這一聲中氣十足，聲控燈亮了，讓他看清了燈光下的那人。

「李老二，你怎麼來了？」

李老二嘴裏叼著煙，看上去彷彿一夜之間蒼老了十歲，額頭上的皺紋似刻在了上面似的，緊密的糾結在一起，整個人看上去蔫頭蔫腦的，像是被抽空了精氣神似的。

李老二狠狠的吸了口煙，朝林東身旁的高倩看了一眼，「林東，我有話想對你說。」

「什麼話？你說吧。」林東道。

李老二「噗通」往地上一跪，「林東，實在沒法子了，我只能來求你了。」

林東皺了皺眉，想要彎腰把李老二扶起來，稍微一動，腰上的傷口就傳來鑽心的疼痛，只好作罷，「李老二，有什麼事你起來再說。你這樣的話，咱們沒什麼可談的了。」

李老二雙手撐著地，努力的站了起來，有一瞬間，林東甚至覺得眼前的這人已經變成了遲暮的老人。

高倩道：「東，你不宜久站，要不上去說吧。」

林東看了一眼李老二，「走吧，有什麼事上樓再說。」

高倩扶著林東走在前面，李老二跟在後面，三人乘電梯上了樓。

到了家裏，高倩扶著林東坐下，連一杯水都沒倒給李老二。

林東指了指對面的沙發，「坐下吧。」

李老二這才敢坐下來，沉默了半晌，才開口道：「林東，其實我是來求你的。」

林東心中詫異，他與李老二交手過很多次，對這個人還是比較瞭解的，可說是一肚子的壞水，但卻是十分有骨氣的人，算得上一條鐵打的漢子，剛才向他下跪，現在又開口求他，林東知道，這對李老二來說，比要了他的命還要痛苦。

「求我什麼？」林東拋了一支煙給他，自己也點上了一根。

李老二一張臉憋得通紅，似乎下了很大的決心才能讓他抹開臉面，「今晚我的小弟得罪了你和高小姐，我是為這事來的，還請你跟高小姐說說，請她既往不咎。」

林東吸了一口煙，悠悠說道：「這事情我恐怕幫不上忙。」想起阿雞嘴裏說出的穢語，林東到現在仍是忍不住動怒。

李老二咬了咬牙，「事情就沒有商量的餘地了嗎？高小姐要如何處罰，我都可以接受。」

「李老二，我當你算半個朋友，這樣吧，你既然開了一次口，我就把倩叫出來，看她怎麼說。」林東起身走到臥房裏，對高倩說了幾句，拉著高倩來到客廳裏。

李老二臉上難掩緊張之色，上身禁不住顫動起來，像是被秋風吹了一般。

高倩面容冰冷，倒不是因為西郊的痞子罵了她而令她心生難滅之怒火，而是西郊的痞子傷害了她心愛的男人，這就不可饒恕了。

「林東都跟我說了，李先生，你回去吧。」

李老二睜大眼睛看著高倩，不明白她話中的意思，轉而朝林東望去，見林東一臉遺憾的神情，頓時就明白了，站了起來，顫巍巍的朝門口走去。李老二頭腦一片空白，拉了幾下門，竟然沒能拉開。若是還有其他法子，他斷然不會下跪求人的，可是即便是這樣做了，仍是於事無補。

林東快步走過去，替李老二拉開了門，發現李老二的臉上毫無血色，死灰一般。

「你……沒事吧？」

李老二像是沒聽到，拖著沉重的腳步，緩緩朝門外走去。

關上了門，林東歎了口氣，朝高倩望去，見高倩板著臉，本想說些什麼，卻又咽了回去。金河谷找李家三兄弟看國際教育園的工地，李老二知道金河谷與林東有嫌隙，主動打電話問他要不要幫忙，可見李老二在心裏是把他當做朋友的。

「東，你是不是想幫李老二說話？」高倩坐在沙發上，雙手抱在胸前。

林東點了點頭，「李家三兄弟與我可說是是敵非友，但李老二不一樣，他算得上是我半個朋友，看他那副模樣，心裏實在不好受。」

高倩歎了口氣，「東，這件事你就別管了吧，我爸爸自會處理的。」

高紅軍的書房內，李龍三垂首立在他的對面，把今天晚上發生的事情原原本本的複述給他聽了一遍。

高紅軍合上手中的書卷，「林東傷得怎麼樣？」

高紅軍開口第一句話就問林東傷得怎樣，李龍三這才明白林東在高紅軍心裏的地位有多重要，心裏暗自告訴自己，一定要和林東保持良好的關係，這對於他以後絕無壞處。

「傷口不深，沒傷到要害，我問過醫生，說是靜養些日子就能恢復。」

高紅軍笑了笑，「想做高家的女婿，就得知道挨刀子的滋味，否則怎麼……唉，跟你說這些作甚。」

李龍三道：「五爺，西郊的地痞們得罪了倩小姐，這事不能就那麼算了吧，您打算如何處理？」

高紅軍抬頭看了李龍三一眼，瞧見李龍三眼睛裏綻放出的光芒，一笑說道：

「你有想法？」

李龍三點了點頭，「五爺，我覺得這次的事件是上天給我們的一次機會。」

高五爺早有吞併西郊的打算，但礙於西郊是李老瘸子鎮守的地盤。李老瘸子是高紅軍的長輩，所以這麼多年來，他雖然搶了李老瘸子的很多生意，但卻沒動李老瘸子的地盤，而一統蘇城一直是他的夙願，的確如李龍三所說，這次的突發事件的確是上蒼賜予他達成夙願的機會。

「明天把天龍叫過來，我和他合計合計，不早了，下去歇著吧。」

李龍三點點頭，剛要走，卻被高紅軍叫住了。

高紅軍皺著眉頭：「你派些好手，守在林東家樓下，保護他倆的安全。」

李龍三腦筋一轉，恍然明白高紅軍這麼做的用意，「五爺，是我失職，我早該考慮到的。」

既然高紅軍已經決定對西郊下手了，西郊的那幫亡命之徒很可能要來個魚死網破，如果高倩被西郊的人抓去了，那麼接下來他們的計畫就很難付諸實踐了。李龍三快步走了出去，調動了三十名好手，吩咐他們在林東家樓下守著。

第七章

無邊的憤怒之火

濃濃的殺氣瀰漫在房中，
金河谷從林東的目光中看到了無邊的憤怒之火，
不知為何，心裏一緊，感覺到事情不妙，本能的往後退了一步，
想要拉開他與林東之間的距離，而卻在他抬腿的一瞬間，
只覺一陣勁風撲面而來，眼前一個東西由小變大。

西郊李家的大宅子裏，燈火通明。

李老瘸子端坐在堂中的太師椅上，李老大和李老三卻是急得如熱鍋上的螞蟻，在堂中來回踱步。

除了他們，堂中還有十幾人，這些都是西郊這一帶的大小頭目，此刻濟濟一堂，每個人的臉色都不大好看。院子裏，阿雞和一幫惹了事的馬仔都跪在水泥地上，一個個低著頭，哀聲乞求饒恕。

「二哥怎麼還沒回來？」李老三急得跺腳，「不行，我得給他打個電話。」

「砰！」

端坐在太師椅上的李老瘸子忽然睜開了眼，拿起手裏的鐵拐，狠狠的朝地磚上捅了一下，「三兒，別打！」

李老三看了一眼叔叔，沒敢說話。

又等了一會兒，耳尖的聽到了摩托車的聲音，紛紛叫道：「回來了，回來了……」

摩托車的車燈射進了院子裏，李老二停好了車，深吸了一口氣，看了看堂屋前跪著的阿雞等人，眼睛裏的凶光一閃而過。

「二哥，怎麼說的？」

李老三衝了出來，拉著李老二的胳膊，急吼吼的問道。

「進去再說。」

李老二用力一甩胳膊，從李老三手裏掙脫出來，邁步朝堂屋裏走去。

堂屋裏所有人的目光都齊刷刷的看著他，就連淡定無比的李老瘸子都站了起來，緊張的看著李老二。

李老二走到他跟前，「撲通」往地上一跪，「叔，事情沒辦成，砸了。」

今晚在夜市，高倩帶著受了傷的林東走了之後，李龍三竟然什麼也沒做，隨後不久就走了。蘇城道上的都知道李龍三向來脾氣火爆，阿雞等人把高紅軍的親閨女給欺負了，他居然毫無反應，這簡直太異常了。

李家三兄弟知道這異常的背後意味著什麼，意味著即將來臨的狂風暴雨，於是立馬趕回家向李老瘸子稟報。李老瘸子當機立斷，把西郊大小頭目都召集了過來，眾人齊力商討解決事情的辦法。這些靠著西郊這塊地皮吃飯的混混都知道一旦西郊這塊地易主了之後意味著什麼，意味著他們將丟了飯碗，所以一個個都很緊張，七嘴八舌的把阿雞給罵了個狗血淋頭，卻沒有想到什麼解決問題的法子。

無奈之下，李老二只好說讓他去試試。李家兄弟知道老二與林東關係不錯，二人似乎在一起賭錢賭出了感情，於是眾人就都將希望寄託在李老二的身上，希望他能化解這場危機。

「啊呀，西郊完了……」

李老瘸子大呼一聲，仰頭直挺挺的倒了下去，幸好倒在了太師椅上，過了半晌，抹了抹一臉的老淚，「老二，起來吧。」

李老二站了起來。

「大傢伙都在，趕緊想想辦法吧。」李老大開口說道。

麻臉站了出來，「諸位，這事情是阿雞惹出來的，我看就把阿雞他們交給高紅軍。」

眾人紛紛響應。

「你們商議吧，我回去了。」李老瘸子心灰意冷，拄著鐵拐走了。

李老大拿不下主意，朝李老二看一眼，「老二，你覺得成嗎？」

李老二搖搖頭，「如果他高紅軍存定了吃了我們的心，就算把阿雞千刀萬剮了，他也不會因此而改變主意。」

眾人都知道李老二所言在理，聽了這話，全部低下了頭，一個個唉聲歎氣。

「這也不行那也不行，你倒是說說怎麼辦好嗎？」李老大性格暴躁，已有些動了火。

李老二早已把腦筋想透了，但卻想不到什麼法子，老老實實的說道：「大哥，我也不知道該怎麼辦。」

「老三，你呢？有主意嗎？」李老大又朝李老三看去。

李老三咬牙切齒的說道：「一切都是因為那個女人，大哥，不如咱們把她抓來，高紅軍的親閨女在我們手上，我看他還敢不敢亂來！」

「不可！」李老二面露驚慌之色，大吼一聲。

「二哥，別天真的把姓林的當朋友了，他不會幫你的，你不要以為那女人是姓林的女人就護著她。」李老三陰陽怪氣的說道。

李老二甩過去就是一個巴掌，直把李老三打得眼前冒金星。

「李老二，幹嘛打我？」

李老三衝上去就要和李老二對打，但他哪是李老二的對手，幾下就被收拾了。

「老二，放開老三，說說，你為啥不同意他的建議，我覺得老三說得不錯，虎毒不食子，咱們只要把高紅軍的女兒捏在手裏，他還不得乖乖聽話。」李老大道。

「大哥，你糊塗啊！」李老二吼道：「咱們如果不綁高倩，那麼至多是丟了地盤，若是綁了她，那不但會丟了地盤，還會丟了命。高紅軍是什麼人，難道你忘了他的手段有多毒辣了嗎？」

「這……」

李老大結結巴巴了一會兒，歎了口氣，高紅軍的手段，在場所有人都是知道的，想起來就令人膽寒。

「還是把阿雞送過去吧，雖然不一定能解決根本問題，但至少可以拖延點時間啊，有時間咱們就有機會，大傢伙說是不是？」麻臉依舊堅持自己的觀點，要把阿雞送給高紅軍處置。

跪在門外的阿雞聽了這話，哭天喊地的，一旦自己落入高紅軍的手裏，那不死也得殘廢，「不要啊，各位老大，不能那麼做啊……」

眾人齊齊望著李家三兄弟，都在等他們做最後的決斷。

這問題實在是令他們頭疼，西郊現在已經亂得不可開交，蠻牛那幫人與他們對著幹，現在又把大佬高紅軍給惹了，他們實在是不知該如何化解眼前這局面。

「麻臉說的有道理，有時間就有機會，我同意把阿雞送給高紅軍處置。」李老二率先開了口。

李老大和李老三隨後各自發表了看法，一致同意把阿雞送出去。

「好，那就這麼定了，明天一早，押阿雞去高家。」

李老二話音剛落，忽然聽院子裏有人吼道，「不好啦，阿雞跑了。」

「沒種的東西。」李老大破口大罵，「把他給我抓回來！」

阿雞跪在地上聽到堂屋裏已經決定把他送給高紅軍處置，心想不能就這麼坐以待斃，趁人不注意，站起來就跑了。但是他兩條腿根本跑不快，很快就被後面的摩托車追上了，又被抓了回來。

眾人來到院子裏，李老大衝上去一腳踹在阿雞的肚子上，「阿雞，你太讓我失望了。」

阿雞破口大罵：「你算什麼老大，出了事就知道讓小弟扛，我不服！」

「禍不是你惹的嗎？還敢嘴硬！」李老大左右開弓，連搧了阿雞幾個巴掌，把他門牙都給打掉了。

「我是為了手下的兄弟報仇！我對得起兄弟，對得起『義氣』二字，對得起關二爺！」阿雞吼道。

「把他的嘴給我堵上！」李老大心煩意亂，朝著旁邊的馬仔吼道，把手下人送給高紅軍，這並不是他樂意的，但如今沒有比這更好的法子，就算是心裏不樂意，他也必須那麼做。

「嗚嗚……」一個馬仔脫下了襪子，把襪子塞進了阿雞的嘴裏，阿雞說不出話來，但仍是「嗚嗚」叫個不停。

眾人重新回到堂屋裏，一個個面無表情，神情沮喪。

李老二道：「諸位回去吧，明天早上六點來這集合。」

眾人紛紛告辭，不一會兒，堂屋裏滿滿一屋的人就只剩李家三兄弟了。

「二哥，咱這次真的挺不過去了嗎？」李老三見人都走了，再也撐不住了，哭喪著臉，眼巴巴的看著李老二，希望能從他二哥身上看到一點希望。

李老二沒有回答他這個問題，「老三，都半夜了，趕緊睡吧，明兒一早還得去高家呢。」

這麼多年來，高紅軍雖然一直沒有對西郊採取手段，但霸佔西郊的野心卻是道上所有人都知道的，他無非是看在李老瘸子這個長輩的面上，如今出了這事，李老二已斷定他不會善罷甘休。

李老三搖著頭，「不！一定會有辦法的！大哥、二哥，你們快想想法子呀！」

李老大被他吵得心煩意亂，「老三，別嚷嚷了行嗎？讓我耳根清淨清淨吧。」

他站著抽了一會兒煙，對李老二道：「老二，要不咱們去找福伯？」

「福伯？」李老二沉默了一會兒，「他一直護著高紅軍，能幫咱們說話嗎？」

他們談論的「福伯」名叫徐福，是與李老瘸子一個時代的人，論在蘇城江湖道上的地位，卻要比李老瘸子高很多。高紅軍年輕的時候就是福伯的手下，福伯對他而言可說是有知遇之恩。因而高紅軍一直將福伯視之為父。若是福伯肯出面說話，那高紅軍怎麼說也會聽他一言的。

李老三像是溺水的人抓到了一根救命的稻草，驚呼道：「對，就去找福伯，讓叔叔去求他，他們是老哥兒們了，總會給叔叔面子的。」

「這倒是個法子，不過福伯早就不問道上的事了，他現在人又在哪兒呢？」李老二沉吟道。

李老大沉聲說道：「咱們現在就去見叔叔！」

三兄弟離開堂屋，朝李老瘸子居住的後院走去。李老瘸子房裏的燈還亮著，裏面不時傳出他的咳嗽聲。

「叔叔，睡了嗎？」李老大站在門外問道。

李老瘸子在裏面說道：「沒呢，有事就進來說吧。」

哥仨兒依次走了進去，來到李老瘸子的窗前，把剛才討論的事情說了一遍。

李老瘸子沉默半晌，「你們又不是不知道，我和徐福年輕的時候並不怎麼對頭，我求他，他能幫忙嗎？」

李老二道：「叔叔，你們老一輩如今還剩下誰？就只有你和他了，福伯和你年輕的時候再怎麼有過結，現在也該恩怨盡消了。你們是老哥兒們，有過許多共同回憶，總能聊到一塊兒去的。」

「叔叔，你再不出馬，西郊就沒咱們立足之地了，你能眼看著自己打下來的江山被外姓人占了嗎？」李老三哭著說道。

兄弟三哥眼巴巴的看著李老瘸子。李老瘸子咳了幾聲，點了點頭。

「我已經有七八年沒見到徐福了，你們幫我打聽打聽他在哪兒。」

李老大心中一喜，「叔叔，這事我立馬去辦。」

兄弟三人從李老瘸子的房裏出來，走到前院看到了被捆在棗樹上的阿雞。阿雞嚷嚷了半天，嗓子都啞了，現在已經沒精神了，耷拉著腦袋，見李家三兄弟從他面前走過，也只是抬了抬眼皮，並未吭聲。

「大哥，阿雞怎麼處置？還送去高家嗎？」李老三道，阿雞是他手下得力的一員，替他辦了不少事情，他還真是捨不得把阿雞給送出去。

李老大道：「當然要送了，先拖住高紅軍，讓咱們好有時間去找福伯。」

第二天天剛濛濛亮，西郊的各路頭目就都到了李家。

阿雞被捆在棗樹上一夜，聽到雞叫，猛然醒了，冉冉升起的太陽，竟是血一般的色彩。

「阿雞，吃飯了。」李老三把阿雞嘴裏的襪子取了出來，把他從樹上鬆了綁，堂屋裏準備了一桌子菜，都是給阿雞做的。道上人講義氣，這頓飯算是給阿雞送行，到了高家，是生是死，那就得看阿雞的造化了。

阿雞轉頭看了看院子裏，西郊所有的好手都到了，他就算生出一對翅膀也逃不掉，歎了口氣，跟著李老三進了屋。

「阿雞，好好吃一頓吧，我給你倒酒。」李老三拿起酒瓶，倒了兩杯白酒，「第一杯，我敬你。」

阿雞坐了下來，看著滿桌子的好菜，卻無一點食慾，勉強吃了幾口，把筷子往桌上一扔，「我飽了，走吧。」

「那就跟我走吧。」

李老三帶著阿雞上了車，西郊大小頭目隨後也都上了車，十來輛小車連成一隊，朝高家開去。

高紅軍今天起得比往常要早半個小時，他有晨練的習慣。高家豪宅後面就是山，有一條上山的小路，他的晨練就是從那條小路跑上山頂，然後再跑下來。

郁天龍今天一早就被他叫了過來，此刻正陪在高紅軍的身旁，但因為身體肥胖，跑了不到兩百米，便已呼哧呼哧的喘個不停。

「五哥，我跑不動了，你先上去，我慢慢走上去跟你會合。」郁天龍停了下來，旁邊的馬仔立馬給他遞來了濕巾擦汗。

高紅軍回頭一笑，「天龍，早就跟你說過了，刀不用就生銹，人不動就長肉。你這身材，哪還看得出當年『飛天神龍』的半分模樣？」

郁天龍年輕時候是蘇城有名的狠角色，打架凶狠無敵，身手敏捷，人送綽號「飛天神龍」，除了高紅軍能鎮得住他，他誰也不服。

「五哥，各人追求不一樣，我不如你，見到好吃就想吃，見到漂亮的就想睡，活這一世，只圖個逍遙快活。」郁天龍呵呵笑道。

高紅軍搖了搖頭，加快了速度往山頂跑去。

半個多小時之後，郁天龍才在手下的攙扶之下登上了山峰，累得氣都快喘不上來了。

「唉，不行了，人胖還真是不行啊。」

二人並肩站在山之巔峰，高紅軍沉默了一會兒，指著山下如畫的風景，「天龍，怎麼樣？」

郁天龍贊道：「五哥，還是你會挑地方，從這裏看下去，真是太美了，簡直人間仙境啊！」

高紅軍哈哈一笑，「從這裏可以眺望整個蘇城，來，你仔細看看，有何感想？」

郁天龍看了一會兒，指著西邊，「五哥，除了西邊那一塊，蘇城其他地方都是咱哥倆的地盤了。」

高紅軍道：「天龍，你有想法？」

郁天龍笑著搖了搖頭，「五哥，你知道我向來是個胸無大志的人，有想法的不是我，是你！倩倩被西郊小痞子欺負的事情我聽說了，聽說那幫人還捅傷了你的乘龍快婿，正愁沒藉口收拾他們，這下正好撞槍口上來了。」

高紅軍道：「老瘸子是長輩，這事情不是那麼好辦的。」

郁天龍道：「五哥，你多慮了，李老瘸子都是黃土埋到脖頸子處的人了，咱還用怕他？你還當他是當年的李瘸子啊？幾十年都過去嘍！」

「我不是怕他，在蘇城，我不怕任何人。」高紅軍點了一支煙，深深的吸了一口。

「論咱們的實力，只要想滅了老瘸子，那就是你一揮手的事情，眼下正好有這機會，不抓住的話可是要後悔的！」郁天龍激動了起來。

高紅軍深吸了一口煙，「走吧，下山。」

多年的兄弟，郁天龍知道高紅軍的脾氣，也就不再說話，跟在他後面，沉默了一路。

高紅軍不是不敢滅了西郊，而是怕背上欺師滅祖的罪名。當年他加入黑社會之時，李老瘸子與徐福是同一輩分，是吃過他孝敬的茶的。從輩分上來說，李老瘸子可說是他的師叔。

「就為了這點情分，我就該猶豫嗎？」

高紅軍心中不禁嘲笑起了自己。

下了山，走到家門口，就見門外停了十來輛車。

郁天龍道：「五哥，看來是西郊的人來了。」

李龍三把人都留在了院子裏，見高五爺回來，所有人都恭恭敬敬的叫了一聲「高五爺」。

李龍三快步走到高紅軍身旁，附耳說了幾句。

李家三兄弟走到高紅軍跟前，三兄弟都是鞠了一躬，「見過五爺。」

高紅軍看了這哥仨兒一眼，「你們是誰？」

按輩分來說，李家三兄弟與高紅軍可說是同輩，被他如此蔑視，都覺得臉上掛不住，但畢竟在人家的屋簷下，他們也說不出什麼硬氣的話。

李老大尷尬的笑了笑，說道：「五爺，我們是西郊的李家三兄弟，您貴人事忙，可能沒印象了。」

高五爺冷哼一聲，「哼，原來是西郊的人啊，膽子夠大的啊，我沒去找你們，你們倒是找上了門。」

李家哥仨兒一聽這話，就知道今天這一關不好過。

李老二開口說道：「五爺，今天冒昧登門，就是為了昨兒的事情來的。手底下的人不長眼睛，嚇到了尊小姐，我們今天就是來負荊請罪的。」

「胡扯！」

高紅軍勃然大怒，「虎父無犬女，你們西郊的痞子還能嚇得了我的女兒？」

所有人都聽得出來，高紅軍說的是不講理的話。

李家三兄弟不敢吭聲，叫人把阿雞帶了過來。

「五爺，這人叫阿雞，就是他得罪了高小姐，我們兄弟今天把他帶來交給五爺處置，希望五爺能消消氣。我們來此之前，家叔說了，改日在鴻雁樓設下酒席，親自向五爺賠禮道歉。」

在場眾人之中，也只有李老二還算是鎮靜。

高紅軍在他臉上掃了一眼，「李家二小子是吧，人你帶回去吧，你們西郊的人我不收。」

眾人愕然，皆不明白高紅軍為何如此。

「五爺……」

高紅軍邁開大步，頭也不回的進了大宅，不顧身後李家三兄弟的叫聲。

郁天龍看了一眼阿雞，若不是怕壞了高紅軍的計畫，就憑這人敢傷害高倩，他就敢當場切下他一隻手。

「聽到沒有？帶著你們的人，滾吧！」

郁天龍說話不留情面，李家三兄弟只能咬著牙忍受心中騰騰燃燒的怒火。

等到郁天龍也進去之後，李龍三才走了過來，「各位，五爺既然發話了，那你們就回吧。」

在場所有西郊人當中唯一開心的便是阿雞，他本已抱了必死之心來高家的，沒想到救他一命的不是別人，正是他以為要殺他的那個人。

「高紅軍這是哪根筋搭錯了？我那麼辱罵他女兒，他竟然放了我？」阿雞怎麼也想不明白。

李家三兄弟和西郊眾人灰頭土臉的離開了高家。

高紅軍的書房內。

「五哥，為什麼要放了阿雞？那小畜生該宰了！」郁天龍也是一頭霧水，不解的問道。

高紅軍喝了一口茶，微微笑道：「咱們既然決定要了西郊那塊地，那就不能接受他們任何形式的道歉。把人送給我處置，我若是要人留下了，那不就是我接受了他們的道歉了嗎？所以不管我多麼想懲治那人，那人我都不能留。」

郁天龍嘿嘿笑了笑，說道：「五哥，你說的有道理，看來那傢伙還真是命不該絕。」

「他敢欺負我高紅軍的女兒，這筆債我會慢慢跟他算的。任何欺負我女兒的人，我都不會放過！」

郁天龍看著高紅軍，此刻高紅軍臉上浮現出的冷酷表情，這是他近二十幾年來都未看到過的。回想起初次看到高紅軍這樣的表情，那還是在高倩的母親逝世的時候。

「五哥，那咱們到底該怎麼辦？還是老樣子。你決斷，我執行。」

高紅軍道：「我聽說西郊現在內部不太和諧，這事你清楚嗎？」

郁天龍笑道：「你說的是蠻牛吧，這事我清楚，這傢伙跟李家對著幹已經有一兩年了。」

高紅軍笑道：「這個人可以利用一下。對於李家，咱們這邊只逼而不攻，而蠻牛那邊，讓他可勁兒的鬧吧。」

郁天龍有點不明白，「萬一蠻牛趁機把西郊給奪了，那咱們忙活半天豈不是為他人做嫁衣了？」

高紅軍笑著說道：「我就是要蠻牛奪了西郊。天龍，你親自找這小子談談，需要什麼，咱們這邊給什麼，只有一個要求，儘快清除李家在西郊的勢力。」

「五哥，你能說明白些嗎？兄弟愚鈍，我聽不懂。」郁天龍還不明白。

高紅軍耐心解釋道：「你想一想，咱們若是從李老瘸子手裏拿了西郊，外面難免會有人說咱們不仗義，但若是從蠻牛手裏拿過來，那就另當別論了。有道是劉備借荊州，有借無還！西郊落到咱們的手裏，李老瘸子也就該識趣了。」

郁天龍總算理清了裏面的道道，哈哈笑道：「五哥，服了，也只有你能想得出這好主意！」

「做事情光靠蠻力是不行的，必須得多動動腦子。」高紅軍敲著桌面說道。

郁天龍沒有久留，按照高紅軍的吩咐，帶著人去找蠻牛去了。

金河谷去找李家三兄弟的那晚，蠻牛帶著人在魚館把李家三兄弟堵了，讓李家三兄弟吃了一次癟。當晚，李老二就招集人馬去報了仇，殺到蠻牛家裏，把蠻牛從床上拉到地上，狠狠的揍了一頓。

蠻牛在醫院裏住了個把月，心裏早把李家三兄弟給恨死了，但趁著他住院的時間，李老二帶著人把他的手下修理了一遍，有些不忠心的還投靠了李家。蠻牛出院後實力大減，想著報仇，但也得重整旗鼓。

以郁天龍在蘇城道上的地位，找蠻牛這樣的小頭目，根本無需親自登門，直接讓手下打了個電話給蠻牛，說中午在鴻雁樓請蠻牛吃飯。

蠻牛接到電話，心裏既興奮又害怕，郁天龍為什麼找他？這是他思考的一個問題。

沒到中午，蠻牛就隻身趕到了鴻雁樓。郁天龍地位尊崇，總不能讓人江湖大佬等他的。

過了好一會兒，郁天龍才到。

「你就是蠻牛？」郁天龍的目光一收，落在了蠻牛的身上。

蠻牛不是第一次見到郁天龍，以前是遠觀，從未那麼近距離的接觸過這名動蘇城的一方大佬，微微有些緊張，手心裏汗涔涔的，點點頭，「郁爺，你好，我就是蠻牛。」

郁天龍點點頭，「進去說話。」

進了包間，郁天龍讓他坐下，蠻牛不知郁天龍到底找他做什麼，心裏不安，坐下也不踏實。

「上菜！」

山珍海味依次擺上，蠻牛一見這陣勢，心裏稍微安定了些，心想郁天龍若是尋他麻煩的，斷然不會準備這麼一桌酒菜。

「郁爺，我敬你。」蠻牛端起酒杯，「先乾為敬！」仰脖子一口乾了。

郁天龍端起酒杯，沾唇即止，「蠻牛，聽說你前陣子住院了？」

蠻牛點點頭，「沒什麼大事，不敢勞郁爺掛心。」

「為什麼住院？」郁天龍笑問道。

在郁天龍面前，蠻牛不敢說假話，老實說了情況。

「怎麼樣，還敢不敢找李家兄弟報仇？」郁天龍問道。

蠻牛悶聲說道：「怎麼不敢！我做夢都想收拾他們！」

郁天龍道：「行，那你就放手去收拾他們，缺人我給人，缺錢我給錢。」

蠻牛簡直不敢相信自己的耳朵，半晌才說道：「郁爺，能問問你這是為啥嗎？」

郁天龍吐了口煙霧，說道：「這不是你該關心的，你只要把事情做好就行了。」

有了郁天龍撐腰，西郊李家三兄弟根本就不是對手，蠻牛頓時覺得腰杆硬了許多，拎起酒瓶倒了一大杯，連乾三杯。

蠻牛酒醒的時候郁天龍早已走了，他揉了揉發痛的腦瓜子，想了想醉酒之前的事情，有一點令他不解的是，郁天龍想要收拾李家，為什麼不親自動手呢？蠻牛雖不知道原因，但也知道一點，郁天龍不希望別人知道。

「李老瘸子，看我怎麼收拾你們！」

蠻牛拍了一下桌子，起身歪歪扭扭的朝外面走去。

李龍三親自去了林東家裏，要林東和高倩搬去高家大宅住，說這是高紅軍吩咐的。

林東沒有過去，他明白高紅軍的用意，但卻相信李家人不會傷害他，只讓李龍三把高倩帶回去。高倩不肯走，林東勸了她好一會兒，才同意跟李龍三回家。

說起來，林東倒覺得沒白挨了這一刀，已經有很久，他都沒有好好休息了，趁著養傷的這段時間，他終於有了幾天空閒的日子。

其實早上醒來之後，他已感覺到傷口發癢，這是傷口癒合發出的訊息。能在這麼短的時間內就癒合，林東知道這都虧了身上的玉片，說不定再過幾天，他的傷口就恢復如初了。

入夜之後，林東正坐在床上看書，放在旁邊的手機響了，一看號碼，是蕭蓉蓉打來的。

「林東，你在哪兒？」

林東聽她聲音不大對勁，沉聲道：「蓉蓉，你怎麼了？我在家裏。」

「快來救我！」蕭蓉蓉似乎說話非常費力，說道：「我在富宮大酒店一七一八室。」

「蓉蓉，你到底怎麼了？」林東緊張的問道，已起床拿起了外套。

砰砰砰——

就聽電話那頭傳來猛烈的敲門聲，任憑林東如何對著手機呼喊，那頭也沒有回應。

林東衝出家門，開車直奔富宮大酒店去了。富宮大酒店離他家不遠，不到十分鐘，他就到了那兒，乘電梯直上十八樓。

路上走得有點急，腰間的傷口傳來陣陣疼痛，走到一七一八房間，見門緊鎖著，敲了幾下，裏面卻是無人回應。

「蓉蓉肯定在裏面！」

林東心急如焚，往後退了一步，猛地踹出一腳，硬是把門給踹開了。

看到了裏面的那一幕，林東再也遏制不住心中的怒火，怒吼道：「金河谷，你幹什麼！」

金河谷見進來的是林東，受了驚嚇，慌慌張張的從床上爬起，全身上下只穿了一條遮羞的短褲。

「金河谷！」林東大吼一句就撲了上去。

見林東如一頭憤怒的猛虎般撲了過來，金河谷不禁渾身一顫，也知這事萬萬不能曝光，否則可能會遭致牢獄之災，當下也不思考，順手抄起一把椅子，使出渾身的力氣，朝著撲過來的林東砸去。

林東昨晚才經歷過一場大戰，全身是傷，此刻盛怒之下，雖然悍不畏死，但出手的速度卻比平時慢了一分。當金河谷手中的椅子砸過來的時候，他本能的想要扭腰閃躲，但在扭動的瞬間，腰間便傳來了撕心裂肺的疼痛，身體一滯，被金河谷手中的椅子砸中了肩膀，吃痛之下，禁不住悶聲哼了一下。

「姓林的，識相的讓開，讓我走！」

金河谷一招得手，膽氣壯了許多，一隻手指著林東，語氣之中帶著命令的意味。

林東深吸了一口氣，壓住了肩膀上傳來的劇痛，咬牙吐氣開聲：「金河谷，你做夢！」

濃濃的殺氣瀰漫在房中，金河谷從林東的目光中看到了無邊的憤怒之火，不知為何，心裏一緊，感覺到事情不妙，本能的往後退了一步，想要拉開他與林東之間的距離，而卻在他抬腿的一瞬間，只覺一陣勁風撲面而來，眼前一個東西由小變大。

「啊——」

金河谷仰面倒地，發出殺豬般的嚎叫，雙手捂住臉，滿手是血。

林東方才用到了內家功法中的「寸勁拳」，在尺寸之間。驟然發力，全身如拉滿的一張弓，一拳擊中了金河谷的面門。這一拳異常的霸道，林東出了一拳，渾身都有乏力之感，胸口劇烈起伏。喘著粗氣，全身上下的傷口都彷似綻開了似的，尤其是腰間的那道傷口，更是如再一次被利刃割了一下似的。林東感覺到，腰間的傷口再度流血了。

蕭蓉蓉靜靜的躺在床上，沉睡中秀眉微蹙。白色襯衫上的鈕扣被解開了兩個，露出一抹欺霜賽雪的白嫩肌膚。

「蓉蓉……」

林東叫了幾聲，卻不見蕭蓉蓉回應，轉頭厲聲問道：「金河谷，你到底對她做了什麼？不說我打死你！」

金河谷躺在地上，看著林東的目光十分的驚恐，說道：「她只是吃了少量的安眠藥，暫時睡著了，林東，求你別殺我，我剛想對她做什麼，你就闖進來了。」

「日後再找你算賬！」林東抬起一腳，用力踢在金河谷的腿骨上，只見金河谷的身子頓時就彎成了蝦米，抱著腿痛苦哀嚎起來。

林東抱起床上的蕭蓉蓉，本想將她帶回家裏。但轉念一想，高倩可能會因為擔憂他的傷勢而過來，腦筋一轉，抱著蕭蓉蓉到樓下前台開了房。此時已是深夜，樓下前台的兩名服務員正在打著瞌睡，見怪不怪的看了林東一眼，就替他辦理手續。

拿著房卡進了房間，將蕭蓉蓉放在床上，林東兩隻手哆嗦著從口袋裏摸出一包煙，看著沉睡中的蕭蓉蓉，心中緊張到了極點，今晚若是他晚到一步，那後果真是不堪設想。

他一根煙吸完，接著又點完了一根，心中做下了一個決定，金河谷觸犯了他無法容忍的底線，這一次再不可堅持人不犯我我不犯人的原則了，該主動出擊，一擊斃命，要金河谷付出慘痛的代價。

蕭蓉蓉一直到第二天早上七點才醒過來，彷彿做了個可怕的噩夢，甦醒之前，纖纖素手在空氣中亂抓，然後就從床上驚坐而起。

「蓉蓉，別怕，是我。」

林東坐在床邊上，雙手扶著她的肩膀，蕭蓉蓉的目光起初是迷離渙散，漸漸變得清澈如初，瞧見眼前之人是她朝思暮想的男人，忍不住鼻尖一酸，撲在林東懷裏哭了出來。

林東抱住她，任她哭了許久，等蕭蓉蓉平靜下來，才開口問道：「蓉蓉，昨晚真是嚇死我了，能告訴我到底是怎麼回事嗎？」

蕭蓉蓉擦乾了淚眼，伏在林東肩頭，雙臂抱住他的腰，緩緩將事情的經過說了出來。

昨晚她本是與同事一起在富宮吃飯的，當時金河谷和公安廳裏一個領導在另一個包廂裏吃飯，有市局的幾個領導陪同。得知蕭蓉蓉就在隔壁之後，金河谷當時就動了心思，就對公安局的領導說隔壁有個公安系統的警花。那領導就讓下屬把她叫過來，蘇城市局的領導不敢得罪，說盡好話，才將蕭蓉蓉請了過來。市局的幾個領導都是蕭蓉蓉的叔叔輩，若不是看在他們的老臉上，蕭蓉蓉是死活不肯過去的。

到了那邊的包廂之後，金河谷熱情的給蕭蓉蓉倒了一杯酒，暗中在酒裏做了手腳，下了一點帶催眠功效的迷幻藥。以蕭蓉蓉的海量，就算是與桌上每人都乾一杯，那也是不會醉的，但喝了幾杯之後就覺得眼前發花，渾身都覺得沒力氣，於是就告辭離去。

金河谷趁機追了上去，說是看她喝了不少，把蕭蓉蓉送回家去。到了包廂外面，金河谷就捉住蕭蓉蓉的胳膊，硬拉硬拽。蕭蓉蓉掙扎了幾下，只覺全身癱軟無力，被金河谷強行拉進了電梯裏。

金河谷在富宮常年都包了房間，把蕭蓉蓉帶進房裏，就要輕薄於她。蕭蓉蓉在電梯裏已意識到這禽獸要做什麼，被他拉進房裏之後，藉口要上廁所，進去之後便從裏面把門反鎖了，趁著還有幾絲清醒，便給林東打了電話。

金河谷不敢把動靜搞大，在外面弄了好一會兒才把門打開，本以為蕭蓉蓉已是任他擺佈，卻還沒來得及一逞獸欲，就被林東破門而入，破壞了他的好事。

林東此刻仍是心有餘悸，咬牙切齒說道：「金河谷真是該死，這一次我絕不饒他！」

蕭蓉蓉帶著哭腔，心裏受了太大的委屈，想到若不是林東及時趕到，此刻她已被那個禽獸玷污了，也就沒臉做人，只有選擇一死了，「親愛的，你不僅是救我逃脫一難，也是救了我一命啊。」

「蓉蓉，什麼時候都別說死不死的話，那樣我聽了會為你擔憂的。」林東柔聲說道。

「我去洗個臉，現在這樣子一定很難看。」

蕭蓉蓉鬆開了手，抬手一看，右手竟沾了些血，低頭朝林東腰間瞧去，才發現林東腰上的衣服上沾了許多血，哭著說道：「東，你流血了，我送你去醫院。」

林東搖了搖頭，「不必了，這傷不是金河谷造成的，是我昨晚在夜市和人打架弄傷的。」

蕭蓉蓉問清了究竟是怎麼一回事，神色不禁為之一暗，他是為了保護高倩而跟人拚命，若是換了我，他會不會也那麼做？忍不住問道：「東，你告訴我，如果昨晚你保護的不是高倩而是我，你會不會為了我跟地痞們拚命？」

林東摸了摸她的臉，笑著說道：「蓉蓉，你不用懷疑，我一定會的。」若是彼此信任的人，無需什麼誓言，只是簡簡單單的一句話，對方也會深信不疑。

蕭蓉蓉感到自己被一種幸福感包圍，鑽進了林東懷裏，緊緊抱著他。

「餓了吧？我們去樓下吃飯吧。」林東道。

蕭蓉蓉道：「吃飯不急，你傷口流了那麼多血，還是先去醫院看一下。」

「好吧，去醫院。」

離開了酒店，二人各自開車去了醫院。林東沒有去九龍醫院，而是去了一家公立醫院，醫生一看就知是傷口崩裂，又給林東縫了幾針，上完藥告誡傷好之前要靜養，又給林東開了幾樣藥。

等蕭蓉蓉去藥房拿藥的時候，那醫生賊兮兮的朝林東笑了笑，說道：「小夥子，你老婆真漂亮，你要忍著點，身上帶著傷呢，晚上別折騰了，好了之後再快活也不遲。」

「……」林東一時無語，朝醫生尷尬一笑，逃也似的離開了診室。

在樓下的藥房見到了蕭蓉蓉，二人開車出去吃了午飯，蕭蓉蓉就回家換衣服上班去了。

回到家中，林東拎起電話，給紀建明撥了一個電話，「老紀，你現在馬上到我家裏來。」

紀建明以為出了什麼大事，火急火燎的趕來，瞧見林東赤著上身坐在屋裏，腰上綁著繃帶，背上滿是傷口，驚訝的問道：「林東，你這是怎麼了？」

林東讓他坐下，丟了根煙給他，說道：

「老紀，別為我擔心，都是小傷，回到公司也別張揚，不然全公司都得跑來我家慰問了。」

既然林東不說，紀建明也就沒有多問，說道：「林東，你找我來是什麼事呢？」

回到家之後，林東就開始思考要如何對付金河谷了，要幹掉這個大敵不是那麼簡單的，他知道金河谷在背地裏做了很多壞事，若能將這些罪證收集，到時候由蕭蓉蓉交給她官至公安部部長的舅舅，從上施壓，屆時即便是金家財雄勢大，只要是鐵證如山，金河谷也難逃法網。

「老紀，替我調查個人。」林東深吸了一口煙，吐了口煙霧。

紀建明往前欠了欠身子，低聲問道：「誰？」

「金河谷！」

「哪方面？」

「全部！」

紀建明看了一眼林東腰上的繃帶，猜測那傷多半跟金河谷有關，心知金河谷真的是把林東惹毛了，點了點頭。

第八章 一統的雄心壯志

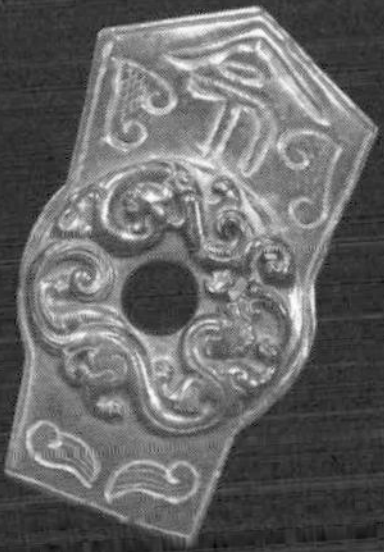

徐福平靜的聽完李老瘸子的陳述，

他相信李老瘸子所言不假，但未免有些誇大其詞。

高紅軍是他一手所調教出來的，也是他最得意的門生。

年輕時候，他也有一統蘇城的雄心，可他拚了幾十年，也只占得半壁江山。

眼看自己未竟的理想就要在門生身上實現，心內著實有說不出的歡喜。

晚上，蕭蓉蓉又打來電話，想要過去照顧他。

林東不知高倩會不會過來，在電話裏好說歹說讓她不要過來，惹得蕭蓉蓉生了氣。

過了一夜，早上醒來，林東已感覺到傷口不再疼痛了。昨晚睡覺的時候，他把玉片貼在繃帶上面，效果果然要比任何靈丹妙藥都要管用，試著扭動腰身，也不覺得疼痛，看來傷口很快就能復原了。

如此過了一個星期，高倩和蕭蓉蓉兩大美女輪流來照顧他。見沒人在側，林東有時候真的會燃起欲望之火，但這兩個女人像是協商過了似的，全都不讓他得逞，一致要他靜養。

這一個星期，林東沒出家門，對於外面發生的事情並不瞭解，卻不知在這一個星期之內，西郊已經鬧翻了天。

蠻牛的勢力忽然之間壯大了許多，手裏多了許多精兵強將，開始大張旗鼓的與李家三兄弟鬥了起來。而高家這邊，一直向西郊李家施加壓力，李家三兄弟害怕高紅軍忽然發難，將大部分精力都用在了防備高紅軍身上。後院起火，蠻牛的勢力越來越大，趕跑或是收服了許多李家的得力助手，形勢逆轉，西郊再也不是李家的天下，儼然形成了蠻牛與李老癟子分庭抗禮的局面。

紀建明受命去調查金河谷，而金河谷卻是一個星期都未出現，他調查了一個星期，什麼也沒查到。金河谷被林東打斷了鼻樑骨，破了相，沒法見人，這段時間一直在別墅裏養傷。

李家三兄弟打聽到了福伯的所在之地，原來福伯幾年前就搬到了離蘇城三百里外的南山上的慈恩寺養老了。得到確切消息之後，李家三兄弟就去找了李老癟子，把福伯藏身之地告訴了他。

李老癟子立馬就讓他們安排車子，他要親自去南山找徐福。

李老大安排好了車子，李老癟子帶著李老二上了車。

南山兩面環水，山上茂林密竹，是遠近聞名的養身之地。

傍晚時分，車子就到了南山，一直開到半山腰上。慈恩寺在山頂，而半山腰以上就沒了公路，只有一條蜿蜒的山路可以上去。李老癟子只好棄了車，讓李老二攙扶他上山。

山路崎嶇難行，李老癟子腿腳又不利索，叔侄二人許久之後才來到山頂，敲開了慈恩寺的門，報上了姓名。

裏面的老僧將他二人帶到福伯居住的禪院內，又給二人準備了齋菜。

徐福見到冒然來訪的李家叔侄，便猜到這二人來此是有求於他。

「老瘸子，你的腿還好嗎？」

李老瘸子挽起褲腿，露出一塊觸目驚心的傷疤，「老哥哥，還記得這傷疤是怎麼弄上去的嗎？」

徐福歎了一聲，「當年的事又何必重提呢，總之是我欠你的。」

李老瘸子道：「老哥哥，我今天來是求你一事的。」

徐福笑了笑，「我一快死的老頭子了，恐怕幫不了你什麼忙。」

「看在當年的情分上，你難道就不能幫我一次？」李老瘸子只有拿當年救過徐福的事情說事，除此之外，他實在想不到還有什麼可讓這個死對頭幫他的了。

徐福沉默了半晌，指了指面前的棋盤，「鐵拐李，陪我下盤棋。」

李老瘸子哪有心思下棋，見徐福沒拒絕也沒答應，只得硬著頭皮與他下棋。

李老瘸子心思不在棋局上面，很快就露出了破綻，被徐福吃了一隻馬。

「鐵拐李，當年我下象棋還是跟你學的，怎麼你現在的棋藝變得那麼差了？你若是贏不了我，可別怪我不答應幫你啊。」徐福這一生敵人很多，李老瘸子算得上是一個，但李老瘸子對他而言又是特殊的，因為李老瘸子曾救他一命。年紀越大越不想欠人什麼，李老瘸子這些年來也沒求過他什麼，今天上門來求，徐福心裏已決定幫他一忙，算是答謝幾十年前的舊恩。

「如果我贏了你，你就幫我，當真？」李老瘸子抬頭問道。

徐福笑了笑說道：「我說話幾時當過真的，你愛信不信。」

李老瘸子也跟著一笑，「對，我就是被你騙的太多了，所以才要問你。」

「下棋吧，再不小心，你就沒本錢翻盤了！」徐福不動神色的幹掉他一個士，含笑不語。

二人爭鬥半生，李老瘸子輸多贏少，唯獨在下棋方面始終佔有優勢，聽了徐福這話，屏氣凝神，開始專心下棋，棋面上雖然弱於對方，但他還是有信心戰勝徐福，腦筋動了動，就想好了路數，連著走了好幾步好棋。

二人你攻我防，在棋盤上廝殺，損兵折將之後又開始佈置防線，嚴防死守，不讓對方有機可乘。一盤棋足足下了兩三個鐘頭，最終徐福以微弱的兵力優勢戰勝了李老瘸子。

「我輸了。」李老瘸子一攤手，「老哥，看來你這些年沒閑著，至少下棋方面肯定是下了苦心的了。」

徐福雖然擅長謀略，但棋藝卻很差，李老瘸子雖然為人衝動，卻精通棋藝。二人對壘，徐福很少有贏他的時候，多年後再對局，李老瘸子才發現徐福的棋藝比之從前已有了很大的進步。

「你能撐到現在，著實出乎我的意料，這一局就算是平局吧，畢竟開始趁你不定心的時候吃了你幾顆棋子，否則能不能贏你，還是兩說。」徐福含笑說道。

李老瘸子皺皺眉，「這麼說，你還想再來一局嘍？」

徐福擺擺手，「下棋這東西太費腦筋，今天就算了吧。」

「那我的事？」李老瘸子追著問道。

徐福道：「你先說說是什麼事。」

李老瘸子道：「這事你一定能幫得上忙的，只要你跟你的好門生說幾句就成。」

徐福一聽這話，心裏已明白了幾分，「跟紅軍有關？」

「他要吞了我的西郊，你說跟他有沒有關？」李老瘸子激動的說道。

徐福知道高紅軍做事向來得勢也要得理，不會無緣無故要吞併西郊的，說道：「恐怕是你們先把他惹毛了吧。」

李老瘸子一臉的苦相，「老哥哥，我把事情原原本本說出來，你給評評理。」

李老瘸子向徐福大倒苦水，說他當年如何的風光，如今只剩下西郊一隅這彈丸之地，晚景淒慘，又說高紅軍這些年來一直對西郊虎視眈眈，懷有非分之想，這次借機把小事鬧大，目的就是圖謀他的西郊。

說到動情之處，李老瘸子聲淚俱下，端的是淒慘無比，且又勾人同情，就連一旁的鐵漢子李老二也被親叔叔勾得兩眼淚汪汪。

徐福平靜的聽完李老瘸子的陳述，他相信李老瘸子所言不假，但未免有些誇大其詞。高紅軍是他一手調教出來的，是他最得意的門生，對於這個門生，他視之如子，也十分瞭解高紅軍。

年輕的時候，他也有一統蘇城的雄心壯志，可他那一輩人能人輩出，拚了幾十年，他也只是占得了半壁江山，未能一統蘇城，可謂是徐福生平的第一大憾。自從高紅軍接手了他的事業之後，除了西郊李老瘸子佔據的地盤，蘇城之地已在五六年前盡歸高紅軍所有，徐福眼看著自己未竟的理想就要在門生身上實現，心內著實是有說不出的歡喜。

李老瘸子這次找上門來，以當年救他之恩來要他報答，徐福知道自己無法拒絕，但也不想妨礙高紅軍的計畫，於是便說道：「鐵拐李，咱們倆你爭我鬥了大半生，但我一直沒忘記當年你救我的恩情，這次你上門來求我，我自然不會推脫，但老哥有言在先，鳥兒大了，翅膀硬了，我的話也不一定管用了。話我會說到，但能有多大的效果，這我就不敢保證了。」

李家叔侄聞言大喜，李老瘸子老淚縱橫，握住徐福的手，「老哥哥，咱們這輩人就剩你和我了，到頭來，還是你肯幫我啊。」

徐福見他這副模樣，心內也十分不忍，但轉念一想，事情是高紅軍做的，到時只要高紅軍善待李家叔侄就行了，做大事的人，不該如此這般動情，說道：「天黑了，山上路不好走，明兒一早我就隨你們回蘇城，帶上你叔侄一起跟紅軍聊聊。」

李老瘸子點點頭，「老哥，當年我撲上去救你的時候，就知道你是個重情重義的漢子，今天看來。當年捨了我一條腿，卻也沒救錯人啊。」

徐福聞言尷尬笑了笑，「不早了，我帶你們去廂房歇息。」

將李家叔侄安頓下來，徐福就回到了自己的禪院內。一如往常，睡前打坐一個鐘頭，打兩遍太極，這才上床睡覺。而在慈恩寺的廂房內，李家叔侄卻是久久不能入眠。

「叔叔，睡了嗎？」李老二睜著眼睛。房內漆黑一片，他彷彿能看見自己的眼睛在黑暗中閃爍發出的幽暗光芒，再沒有比這一刻他的頭腦更清醒的了。

房內發出李老瘸子的歎氣聲，年紀大了，睡倒在床上，總是免不了要歎氣，「睡不著。」

李老二道：「福伯今天答應的太利索了，這總讓我覺得有些不敢相信。你也知道，福伯是出了名的護犢子的，當年若不是他護著高紅軍，高紅軍哪能活到今天。」

李老瘸子心裏也有這種想法，他這次過來，原本心裏已經做好了被拒絕的打算，也沒想到徐福竟那麼輕易的就答應了他的請求，「興許他真的是念著當年我救他的恩情。」

李老二歎了口氣，「希望吧。我現在倒不怎麼擔心高紅軍了，只怕咱們後院起火。」

李老瘸子早已把西郊大小事務都交與了三個侄兒處理，對西郊現在的情況並不怎麼瞭解，忙問道：「後院起火？老二，說清楚些。」

李老二道：「叔叔，還記得蠻牛嗎？」

對於蠻牛這個人，李老瘸子有相當深的印象，蠻牛這人是西郊出了名的狠人，做事一根筋，打架不怕死，由一個馬仔，硬是靠著一雙肉拳在西郊打出了一片天，成為能夠與李家叫板的人物。

「記得，不是說前段日子被你收拾的安靜了嗎？」

李老二道：「是啊，他是安靜了幾天，現在又出來蹦躂了，也不知從哪兒弄了一幫人過來，我怕就算高紅軍不夻了我們，咱們也得被蠻牛驅趕出西郊。」

李老瘸子忍不住咳嗽了起來，「豈有此理！在西郊，還沒人能威脅到我李家的權威！」

李老二至今還未意識到蠻牛為何能在短時間內重新崛起，可以說現在的蠻牛還未引起他足夠的關注，他和李老瘸子一樣，主要的精神還是放在了高紅軍的身上。

「叔，咱睡吧，明早還要早起呢。」

第二天清晨，李家叔侄醒來，推開門就看到了在院子裏晨練的徐福。

李老二立在門內觀察了一會兒，忍不住喝了聲好，「福伯，你這太極拳練得可說是爐火純青了。」

徐福收了功，朝李老二笑道：「李家二小子，你也懂太極？」

李老二搖搖頭，笑著說道：「福伯，我一個粗人，哪會懂這種高深的功夫，只是瞧你一套拳打得行雲流水，流暢自然，看著也賞心悅目，所以就隨口亂說一氣罷了。」

徐福微微有些失望，本以為遇上個知音能攀談兩句，卻是遇到了個半吊子，「叫你叔叔出來吃早飯吧。」

三人用過了早膳，便下了山，臨行之前，李老二跑到慈恩寺的大殿裏，在佛前上了一炷香，虔誠無比的磕了幾個頭，扔下三十張百元大鈔，乞求神佛保佑他們李家能順利度過難關。

到了山腰處，李老二昨天帶來的車子還在那兒，司機是李家的人，在山下過了一夜，已餓得不成樣子了。李老二把從慈恩寺帶來的饅頭給了他，那人啃了幾個饅頭，這才恢復了精神，開車帶著他們往蘇城趕去。

中午之前趕到了蘇城，李老二問徐福現在去哪兒，徐福讓他將車開到鴻雁樓。到了鴻雁樓，徐福就給高紅軍打了個電話，讓他中午到鴻雁樓吃飯。

徐福突然回到蘇城，高紅軍驚訝之餘，便猜到了最大的可能，那就是李老瘸子把他請回來做說客的。

當年李老瘸子救了徐福的性命，這事情他也清楚，也知道自己的師父徐福是個知恩圖報之人，若是李老瘸子拿那件事說話，徐福肯定無法拒絕。

高紅軍並不驚慌，徐福對他恩重如山，與他恩同父子，只要他開口，自己一定會給這個面子，但西郊已是他吃到嘴裏的肥肉，讓他此刻吐出來，那是萬萬不可能的。他已想好了應對之法，叫上郁天龍，便由李龍三護送前往鴻雁樓。

今天蘇城道上當今的霸主與前一任的霸主都聚齊了，鴻雁樓的老闆也是道上的人，立馬停止對外營業，關起門來專心為今天中午這一桌做準備。

高紅軍與郁天龍是前後到的。

「五哥，老爺子回來了？」郁天龍叼著煙問道。

高紅軍點了點頭，「是啊，應該是李老瘸子請來做說客的。」

郁天龍面色一沉，狠狠的吸了口煙，「打蛇打七寸，李老瘸子這一手可真是毒啊，道上哪個不知道你敬重老爺子，他把老爺子請來做說客，就算準了你不會駁了老爺子的面子。」

高紅軍面帶冷笑，「兵來將擋水來土掩，沒什麼大不了的。」

這時，郁小夏從車裏鑽了出來，見到高紅軍，微微鞠了一躬，微笑著說道：「高伯伯好！」

高紅軍招手把郁小夏叫到身旁，問道：「小夏，你最近半年去我家的次數可是少多了，怎麼，難道是高伯伯沒招待好你？」

郁小夏嘟著嘴說道：「不是，是倩姐姐不需要我陪她了，她有人陪。」

郁小夏臉上帶著不悅之色，至今她仍覺得是林東從她身旁搶走了高倩，她朋友本來就沒幾個，高倩現在一門心思都在林東身上，姐妹之間的情誼不知不覺就疏遠了。郁小夏的心裏恨死林東了，每次與高倩見面，都要把林東數落得體無完膚。

高紅軍摸了摸郁小夏烏黑亮麗的長髮，「這孩子……你也不小了，也該是找對象的時候了，等你有了對象，你就能理解你倩姐姐了。」

一聽這話，郁小夏就更加不高興了，站在鴻雁樓的門前就甩了臉子，放眼蘇城，敢甩臉子給高紅軍看的人就沒幾個，她算一號。郁天龍也拿這個女兒沒辦法，瞪了她幾眼，郁小夏還是氣呼呼的模樣，不僅沒收斂，反而朝她父親瞪了幾眼，氣得郁天龍火急火燎，就是沒有辦法。

「小夏，待會見你徐爺爺千萬要懂禮貌，知道嗎？」郁天龍今天把郁小夏帶來，就是給徐福看的，徐福很喜歡這個姑娘。

高紅軍笑道：「天龍，這個不要你說，小夏是個懂事的孩子，分得清輕重的。」

果然，郁小夏的臉上馬上就浮現出了笑容，挎著高紅軍和郁天龍的胳膊，一邊一個，拉著他們朝鴻雁樓裏走去。郁天龍很汗顏，他在別人面前，總覺得高高在上，但在高紅軍面前，卻總覺得低人一等，心想這也難怪這麼多年來我一直把他當做老大，誰叫他就是點我這塊豆腐的鹵水呢。

四海廳內，李老瘸子正陪著徐福下棋，李老二卻像是熱鍋上的螞蟻似的，坐立不安，時不時的朝門外瞧一眼，從十一點就開始盼，直到快十二點了，高紅軍才出現在他的視線之內。

郁小夏蹦蹦跳跳的跑進了廳內，坐到徐福的身旁，親熱的叫著「徐爺爺」，棋局立馬就被攪和了。

「算了，不下了，陪我小孫女聊聊天。」徐福見了郁小夏，臉上湧出了慈祥的笑容。

高紅軍和郁天龍走了進來，先是向徐福問了好，然後才朝李老瘸子望去。

「喲，李叔也在啊，好長時間沒見您了，怎麼樣，身體還行嗎？」高紅軍笑問道。

李老瘸子嘿嘿一笑，「噢，紅軍啊，你叔這身體還行，撐個幾年沒問題。」

見人都到齊了，鴻雁樓的老闆趙學兵走了進來，向在場的大佬逐個問好，這裏的每一個人，都是他得罪不起的。

「五爺，是不是可以開席了？」

高紅軍點點頭，轉身招呼眾人，「諸位，都過來坐席吧。」

眾人紛紛走到廳的中央，在圓桌旁坐了下來，很快，山珍海味就流水般端了上來。

「老爺子，這些都是你在寺裏吃不到的，來，嘗嘗這個！」高紅軍把一盤紅燒大雁轉到徐福的面前。

徐福眉頭一皺，把筷子往桌上一拍，「紅軍，你小子是存心不讓我好好吃飯啊，老頭子戒了葷腥多年了。看著面前的紅燒大雁，胃裏直犯噁心。」

高紅軍呵呵一笑，「哦，我倒是忘了，老爺子，你戒了葷腥，但我還愛吃啊。這樣吧，你要吃什麼？我現在就吩咐廚房去做。」

徐福哼了一聲，「讓他們給我下一碗青菜麵就可以了。」

高紅軍轉而對趙學兵說道：「老趙，聽清楚沒有？老爺子要青菜麵。」

趙學兵一點頭：「我現在就去做。」

剛才高紅軍與徐福的對話落在李家叔侄耳朵裏，二人的臉色變得相當難看。高紅軍豈會忘了徐福不吃葷腥，分明就是故意說給他們聽的。要他們知道，找來徐福也是沒用的。

趙學兵很快端來一碗青菜麵，這時，高倩拉著林東也走了進來。

「爸爸，剛才帶林東去了一趟醫院，所以來晚了。」高倩把林東推到前面，笑道：「徐爺爺、郁叔叔，這是林東，我的男朋友。」

徐福和郁天龍各自朝林東望去，高倩的男友。很可能會成為高紅軍事業的繼承人，那麼很可能成為蘇城道上下一任的總瓢把子。高倩和誰結婚他們管不了，但是誰來接任高紅軍的地位，那就是他們該管和該操心的事情了。

徐福和郁天龍皆是目光老辣之人，閱人無數，只朝林東掃了一眼，便看出了這年輕人的深淺。

「各位長輩，晚輩林東，拜見各位長輩！」林東不卑不亢的行禮。

「好小夥子，坐吧！」徐福哈哈一笑，拍了拍旁邊的空位。「你就坐我旁邊吧。」

林東微微猶豫，朝高紅軍望去，徵求他的意見。

以林東的輩分，坐徐福的旁邊自然是逾規的，但江湖之人，性情使然，皆是不拘一格之人，有時候講究，有時候也不講究。

「小林，你就坐你徐爺爺旁邊吧。」高紅軍笑道，心頭震驚，這小子還真是有能耐，老爺子頭一次看他就喜歡上了。

林東只好到徐福身邊坐下，一抬頭，便發現李老二朝他投來的目光。他讀得懂李老二的目光，這一桌上全部都是高紅軍那邊的人，只有自己，是李老二可以爭取的，但轉念一想，這個忙他實在幫不了，高紅軍擺明了是想吞掉西郊，他總不能為了幫李老二而毀了未來岳父的好事。

倒了滿滿一杯酒，林東站了起來，「徐爺爺，您是長輩，我敬你三杯！」說完，仰脖子乾掉一杯！

高倩擔心他的身體，忍不住提醒，「林東，少喝點，你身上還帶著傷呢。」

一口氣乾完了三杯，林東面不改色，徐福對他的印象又好了幾分，對高紅軍笑道：「瞧瞧，少年英雄，有股子氣概！」

林東一扭身，朝著郁天龍，「郁叔叔，久聞你的大名，知道你善飲，今天咱們先喝三杯，就算是潤潤嗓子。」

郁天龍一拍桌子，哈哈笑道：「好小子，來，叔就陪你潤潤嗓子！」

二人推杯換盞，各自乾了三杯，林東一口菜沒吃，已是六杯下肚。

高倩終於坐不住了，走過去奪下他的酒杯，「你今天就少喝點吧，在場的都是長輩，沒人會怪你的。」

郁天龍哈哈笑道：「倩倩還沒過門，倒是學會替自己男人擋酒了。」

「郁叔叔……」高倩噘起粉嫩小嘴，俏臉通紅。

這種氣氛倒像是家宴，李家叔侄頓時覺得自己就是個多餘的人，李老瘸子朝徐福瞧了幾眼，見徐福無動於衷，心裏頓時打起了鼓，這老傢伙不會把我的事情給忘了吧？

郁小夏十分的不開心，吃了幾口就先走了。高倩本想追出去，但想了一想，還是作罷了，她清楚郁小夏的心思，這事情怪不得她。曾經親如姐妹的關係，現在越來越疏遠，高倩心裏也很難過，不過對於這種情況，她也無能為力，如果要在兩者之間選擇，她只會選擇林東。

「林東啊，聽說你是做金融的，給我介紹介紹，讓叔也跟你發點財。」郁天龍和林東乾了三杯酒，感覺距離一下子就拉近了。

林東笑道：「郁叔叔，我不建議你投資證券市場，如果想穩穩當當的賺錢，我手上倒是有個專案，現在還在籌建之中，五年之內，包管賺錢！」

「說說，是啥好專案？」郁天龍仲長脖子問道。

林東答道：「在我老家搞度假村！」

郁天龍皺皺眉頭，「這個可靠嗎？」

林東道：「郁叔叔，你若信我，五年之內，我包管你回本，五年之後，保管你每年分紅大把的有！」

郁天龍朝高紅軍望去，「五哥，要不咱們去考察考察吧？咱現在手上現金太多，就是缺好專案。」

高紅軍微笑不語。

又吃了一會兒，酒足飯飽。

「倩倩，你去外面等一會兒，我們商量點事情。」高紅軍說道。

高倩站了起來，朝門外走去。林東也要出去，卻見高紅軍朝他擺擺手，「小林，你留下吧。」

趙學兵識趣的關上門。

李老瘸子看著徐福，低聲說道：「老哥哥，你可別忘了答應過我什麼啊。」

徐福點點頭，放下筷子，「紅軍，這次我回來，是要向你討個人情呢。」

高紅軍道：「老爺子請吩咐。」

徐福道：「倩倩在西郊的事情我已聽說了，孩子畢竟沒有受到直接的傷害，我看這事情就算了吧，你李叔畢竟是你長輩，留一個安享晚年的地方給他。」

高紅軍沉默了一會兒，李老瘸子和李老二都是滿臉緊張的看著他，感覺心臟都快要跳出來了。

「李叔，老爺子既然開口了，我肯定會答應，我高紅軍今天就當著你的面對他起誓，絕不從你手中奪西郊！」高紅軍半晌才開口，眾人知道他一諾千金，李家叔侄聽他這麼說，心中巨石落地，長長舒了一口氣。

李老瘸子激動的站了起來，「紅軍、李叔有做得不對的地方還請你海涵，那天阿雞他們傷了小林，使倩小姐受了驚嚇，我肯定給你個交代！」

高紅軍點點頭，「李叔，希望咱們兩家永遠和睦相處。」

郁天龍知道高紅軍的計畫，見高紅軍越是這樣虛與委蛇，便知道高紅軍吞併西郊的想法越強烈。

「小林，」李老瘸子端著酒杯，「我敬你。」

林東抿了一口。

李老瘸子又開口說道：「你的傷不能白受，我在西郊有個酒吧，送給你了，權當是賠償給你的醫藥費！」

林東本想開口拒絕，酒吧這類產業他實在沒興趣，卻被李老瘸子搶白了。

「咱們都是道上的，你不要說不要，那樣就是看不起我鐵拐李！」

「小林，既然李叔那麼有誠意送酒吧給你，我看你就別推辭了。」高紅軍笑道。

林東點點頭，「恭敬不如從命。」

接下來，李家叔侄開始頻頻敬酒，沒把高紅軍和郁天龍灌醉，這叔侄倆倒是先醉得趴下了。高紅軍把徐福接回了高家大宅，要留他多住幾天。高倩則把林東送回了家裏，林東的傷已完全好了，打算從明天開始就去公司。

高紅軍的車內，徐福閉著眼睛問道：「紅軍，你真的不要西郊了？」

高紅軍笑道：「老爺子，天王老子的面子我可以不給，你的我能不給嗎？」

徐福搖搖頭，「別說漂亮話，如果真的不要了，我倒是覺得可惜了，多好的一次機會啊。」

高紅軍道：「老爺子，我說不從李老瘸子手裏取西郊，但若是西郊被別人占了，那我再取，是不是就不違背誓言了呢？」

徐福猛然張開眼睛，眸中精光閃爍，哈哈笑道：「你小子，比我還奸詐！」

「老爺子，您這是誇我嗎？」高紅軍哈哈笑道。

第九章

工地的反撲

工人們壓抑得太久，自從李家三兄弟來到這塊工地上，
他們雖然安靜了，不再鬧事了，但心裏卻是憋屈得很，
李家三兄弟的高壓政策，可以使他們屈從一時，無法讓他們一輩子裝慫！
被點燃憤怒之火的工人如同憤怒的野獸撕咬著弱小的獵物，
不把獵物撕成碎片就不會消停。

這一天，天上的雲壓得很低，厚厚實實的，猶如翻滾的浪潮一般，不斷的迫向大地。

李老三抬起頭，覺得有些悶熱，摸了一把脖子，汗涔涔的很是不爽，他的腳下是一地的煙頭，從中午到現在，他已連續抽了三個多小時的煙。

「老天怕是要下雨了吧？」

李老三嘀嘀咕咕的說了一句，又去掉一根煙頭，伸手摸出煙盒，打算繼續抽下去，而摸到的煙盒卻是空癟的，他把煙盒揉成一團，扔在了腳下，還不忘踏足上去踩幾下，彷彿這樣才足以發洩他的憤怒。

不遠處的工地上，工人們正在熱火朝天的揮灑汗水。將近六月的蘇城，已經算是進入了夏季，早上太陽出來之後，地面上就熱得跟蒸籠似的。

「喂，還有煙嗎？」李老三扭頭問身後的幾個馬仔。

馬仔們聳聳肩，「三爺，都被你拿去抽光了。」

李老三朝前面走去，打算找個人要根煙抽抽。雖說高紅軍當眾答應了不找西郊的麻煩，但叔叔和二哥在這件事中表現出的卑微態度實在令他覺得丟人，他們李家只有站著的漢子，何時有了卑躬屈膝的奴才？

一大早，李老三就因為要把家族旗下最好的酒吧讓給林東而與李老二發生了口角，兄弟兩個差點動了手。以李老三的智商與氣度，他永遠都想不明白叔叔李老癟子為什麼要在高紅軍已經答應了不找西郊麻煩之後，還要送一間酒吧給林東，他把責任全推到了李老二的身上，認為是他沒有勸阻李老癟子，甚至還有可能是他從旁教唆李老癟子那麼做的。

李老三自然不敢去找李老癟子問責，但又打不過他二哥，只好跑到工地上來撒氣。一大早，就有幾個工人挨了他幾鞭子。他下手毫不留情，挨上一鞭子就皮開肉綻，那幾人頓時就不能上工了，只能在窩棚裏養傷。

「喂，張小三，有煙嗎？」李老三仰著頭瞇著眼睛，拿下巴看著一名瘦瘦的工人。

張小三沒搭理他，今天早上挨打的就有他的哥哥張小二。對於李老三，工地上人人恨之入骨，但是忌憚他們三兄弟的厲害，所以都敢怒不敢言。但這群人也不是善類，若是把他們逼到了絕處，那拿起瓦刀就敢剁人。

「張小三，老子跟你說話你聽見了沒？」李老三得不到張小三的回應，火氣蹭的就上來了。

張小三斜著眼說道：「你剛才說啥？我沒聽見，再說一遍。」

李老三握緊手裏的鞭子，這是他奴役這幫工人的工具，甩手就朝張小三身上抽去，張小三閃躲不及，胸前的汗衫都被抽得裂開了，露出一道一尺多長的觸目驚心的血口子。

「啊──」

這一下落在鐵人的身上也受不了，張小三發出撕心裂肺的吼叫，瞪著發紅的雙目，滿含憤懣的朝李老三望去。附近的工友們聽到了動靜，紛紛往這邊看了過來，不少人還跑到了近前，準備拉架。

「你還敢瞪我！老子就抽你怎麼了！」李老三壓不住火氣，抬手甩出一鞭子，如吐信的毒蛇一般，飛也似的抽在了張小三的胸口，與剛才那道血口子交匯形成了一個X字。兩道觸目驚心的血口子往外滲著駭人的鮮血，張小三挨了這兩鞭子，心中憤怒無比，一口氣沒上來，昏倒在了地上。

「出人命了！」

工地上開始有人叫道，他們看張小三倒在地上一動不動，以為是死了，聲音傳了開來，所有人都朝這邊湧來。

「狗日的還裝死，給我起來！」

李老三正在氣頭上，拿起皮鞭，死命抽了幾下，張小三除了在鞭子落在身上的那一剎那會像過電一樣的顫抖一下之外，其餘的時間都躺在那兒一動不動。周圍的工人見李老三如此不把工人當人看，一個個都氣得咬緊了牙關，雙目噴火，握緊了拳頭，只差爆發了！

「豬狗不如的東西！」李老三罵了一句，朝張小三身上吐了口痰，雄赳赳的掃了一眼周圍的工人，「都是一群豬狗，有什麼好看的，還不去幹活！」

他這一句，徹底點燃了工人們心中的怒火，也不知是誰先跳了出來，厲聲罵道：「你罵誰呢？」

李老三平時欺負他們欺負慣了，在他眼裏，這群不安分的工人就如同地裏的小麥苗一樣，他想怎麼擺弄就怎麼擺弄，當下咬著牙，拿著鞭子指了一圈，「給老子聽好了，罵的就是你們，還不回去幹活，老子連你們一塊打！」

「跟他拚了！」

一陣巨大的屈辱感湧上每一個工人的心頭，也不知是誰先衝了上去，工人們就像是尾巴被綁了鞭炮的瘋牛，一窩蜂朝李老三湧去，場面頓時失控。李老三還沒意識到這幫人為什麼敢暴動，已被工人們打倒在地，磚頭、瓦刀、錘子如雨點般落在他身上，依依呀呀叫了幾聲，就沒了動靜。

工人們壓抑得太久，自從李家三兄弟來到這塊工地上，他們雖然安靜了，不再鬧事了，但心裏卻是憋屈得很，李家三兄弟的高壓政策，可以使他們屈從一時，但是無法讓他們一輩子裝慫！

被點燃憤怒之火的工人如同憤怒的野獸撕咬著弱小的獵物，不把獵物撕成碎片就不會消停，雖然李老三已經跟張小二一樣躺在地上一動不動了，但是他們的拳頭並未停下來。

不遠處的馬仔們看到場面失控，他們只有十來個，工人卻有一百好幾十個，猶豫了一下，畏縮不前。

「怎麼辦？三爺還在他們手上呢。」

「你傻啊？你講義氣怎麼不去救三爺啊？」

驢蛋一時也慫了，他一個人衝過去無異於螳臂擋車，縮了縮腦袋，不再吱聲。

「快跑，回去告訴大爺、二爺，讓他們帶人來治這幫暴民！」

十幾個馬仔騎上了摩托車，一陣煙似的跑了。

也不知過了多久，工人們的火氣才發洩盡了，不再有人喊打喊殺了，眾人散了開來，發現李老三的腦子都被打破了，腦漿子流了一地，白色的像豆腐腦一樣的東西混著黑紅色的血液，看上去令人作嘔。

「毀了，打死人了！」

所有人都意識到事情麻煩了，地上的李老三雙目爆睜，舌頭吐在外面，一副死不瞑目的模樣。

「是誰不知輕重往頭上掄錘子的？」

這幫幹力氣活的一眼就看出來李老三的腦袋是被砸石頭的鐵錘砸破的，剛才那麼混亂，所有人都只顧著發洩怒火，哪有心思注意誰拿了鐵錘。有人瞧了瞧躺在地上還沒醒來的張小三，心想這傢伙倒是因禍得福，雖然被李老三狠狠的抽了幾鞭子，但卻因此擺脫了打死李老三的嫌疑，畢竟張小三一直躺在地上，這是所有人都看見的。

「不行了，這工地不能待了，大傢伙趕緊收拾東西回老家吧，一會兒員警來了就麻煩了。」

剛才所有人都動了手，李老三的死，在場所有人都脫不了干係，也不知是誰那麼一說，其他人都覺得有道理，人群立馬就散了，不到幾分鐘，就見陸續有人背著行李從窩棚裏走出來，慌慌張張的逃離工地。半小時之後，除了還沒甦醒的張小三，工地上就只剩下了屍首冰冷的李老三。

馬仔們趕到李家，李老二不在，只有李老大一人在家。

李老大見他們回來，一看時間，還不是時候，皺著眉頭問道：「就知道偷工耍滑，怎麼這個時候就回來了，三爺呢？」他沒看到李老三。

「大爺，不好了，工人們暴動了，三爺正在受苦呢。」前頭的馬仔說道。

李老大一瞪眼，「什麼！你們為什麼不上去幫忙？」

剛才那人說道：「他們人多，咱們上去不頂事，大爺，您快召集人馬殺奔過去解救三爺吧！」

李老大瞪了這夥人一眼，但此時不是追究責任的時候，摸出手機，立馬給李老二打了個電話，告訴他工地上發生的事情，要李老二帶著人火速趕過去。

自從蠻牛折騰的凶之後，李家三兄弟就不一塊去看工地了，他們三個輪流去工地上值班，怎麼也沒想到，當初為了賺金河谷那點錢，卻把老三的命給搭了進去。

李老大打完電話，叫上在家的兄弟，騎著摩托車火速往工地趕去，進了工地，卻見工地上靜悄悄的，一個人也看不見，心裏湧起了不祥的預感，到了出事的地方，只見地上躺了兩個人，其中一個就是李老三。

「老三、老三……大哥來啦！」

李老大連續叫了幾聲，離著遠，不知道李老三傷的輕重，趕到近前一看，看到李老三淒慘的死狀，身子一硬，直挺挺的從摩托車上倒了下來，放聲大哭。

「老三啊老三……」

跟隨他前來的二十幾名馬仔一看李老三已經死了，有些人看到了腦漿子，忍不住就在一旁吐了起來，大多數人則是跟著一起嚎啕大哭。

李老二一早雖然與李老三吵了一架，但李老三畢竟是他的親弟弟，得知李老三出事之後，火速帶人朝工地趕來，還沒進工地，就聽見了遠處傳來的哭聲，心口忽然一痛，眼前一陣暈眩，險些從摩托車上摔下來。

加快車速趕到前面，看到李老大跪在前面，下了車，他似乎不敢抬腳往前邁步。

李老大聽到了動靜，回頭看著他，臉上滿是淚水，「老二，三兒沒了……」

李老二身軀一震，「哇」的吐出一口鮮血。這些日子事情太多，家裏家外都是他在操持，身體已經快吃不消了，驚聞噩耗，一時間悲憤交加，傷心的吐了血。

他跪倒在李老三的面前，虎目含淚，早上還和他拌嘴的，怎麼下午人就沒了？他怎麼也不願相信李老三就這麼死了，摸著李老三冰冷的屍身，一遍一遍的叫著他的名字。

「三兒，二哥來幫你了，你快醒過來，告訴二哥是誰欺負你，二哥給你報仇。三兒，二哥來了，你快醒來啊……」

李家兄弟哭得死去活來，幾次哭得昏死過去。兄弟三人感情極深，驟然少了一個，任誰也無法接受。

也不知隔了多久，張小三只覺得耳朵旁全是哭聲，心想自己難道死了嗎？掙扎著睜開眼，眼前一片虛無，他動了動，只覺全身疼痛無比，似乎渾身都被刀子割破了皮似的。

「大爺、二爺，有活的！」

李家兄弟只顧著傷心，沒看到不遠處張小三身軀動了幾下，直到聽到有人叫喊，二人這才往前看去。

二人忍著悲痛，站起來走到張小三跟前，一看他身上的血口子，就知道是被自己死去的弟弟鞭打的，也證明老三的死跟這人脫不了關係。

張小三的眼睛終於對了焦，發現身前站著兩人，李老大和李老二都是他認識的，心道不好，這兩人肯定是來幫著李老三收拾他的，不敢逞強，連忙說道：「二位別打，我下次再也不敢強嘴了。」

李老二眉頭一皺。「張小三，你起來，我有話問你。」

張小三咬著牙忍痛站了起來，一眼就看到了躺在地上的李老三。再一瞧那一灘混著血已經乾了的腦漿，嚇得頓時尿了褲子，連忙擺手，「人不是我殺的，你們別找我報仇。」

李老大脾氣暴躁，上前一步一把掐住張小三的脖子，「不是你殺，卻是因你而死的，老子要殺了你給三兒陪葬！」他手上用勁，張小三被他掐得喘不過氣來，蹬著雙腿，眼看就要不行了。

李老二也想殺了張小三，但卻知道張小三殺不得，趕緊讓李老大放手，「大哥，把他掐死了，你也得吃槍子兒，快放手！」

李老大冷靜了下來，鬆了手，扭頭看見地上冰冷的屍體，又忍不住哭了出來。

「今天是誰和三爺一起過來值班的？」李老二問道。

幾名馬仔走了過來，低著頭，大氣也不敢喘。

「我問你們，你們可曾看到了事情的經過？」李老二冷冷問道，目光停留在一人身上，「驢蛋，你說！」

那個叫「驢蛋」的馬仔硬著頭皮把事情的經過講了出來，李老二弄清楚了過程，看了一眼躺在地上的李老三，心中歎道，老三啊老三，你為人驕縱蠻橫，到底因此而喪了命。

他看了看張小三，這事原本不怪張小三，但一想到親弟弟死得那麼慘，心裏就不好受，忍不住對張小三吼道：「他問你借煙你為什麼不給他啊？你要是給了他，他會死嗎！」

張小三嚇得直打哆嗦，一個勁的點頭，生怕李老二忍不住火氣把他剁了。

「驢蛋，帶人去搜搜，看看工地上還有沒有人。」李老二吩咐一聲，神色疲倦，摸出一支煙，頹然的吸了起來。

過了一會兒，驢蛋等人就回來了。

「二爺，全跑了，一個人都沒有。」驢蛋道。

李老二知道李老三必定是死在混亂之中，那幫工人見死了人，所以都跑了。

李老大抹著眼淚，「老二，老三的屍首怎麼處置？」

李老二歎道：「大哥，打電話報警吧。」

李老大這輩子最討厭員警，習慣用武力解決問題，一聽老二說要報警，愣了一下，「報警幹嘛？」

「老三是在混亂中被打死的，不報警，難道咱們能把五十號工人全部抓來為老三報仇嗎？」李老二道。

李老大歎了口氣，承認老二說的有道理，掏出電話，「老二，一一〇報警電話是多少？」

李老二看了他一眼，「大哥，你真是被氣糊塗了還是怎麼的？你自己不都說了嘛，一一〇！」

李老大這才意識到自己剛才犯了一個多麼低級可笑的錯誤，不過他此刻沒心情笑，撥通了電話，簡單的交代了事情，就等著員警過來。李老二強撐著疲倦的身軀，把在場的馬仔全部遣散，讓他們各回各家，唯獨把張小三留了下來，待會員警到了，張小三可以證明李老三是被工人們打死的。

發生了傷亡事件，員警接到報案之後很快就趕到了現場，也不知是誰走漏了消息，竟然還有記者跟了過來。封鎖現場，然後就給現場拍了照，對李家兄弟和張小三進行簡短的盤問之後，由法醫初步檢驗了李老三的死因，李老三的屍體就被拖走了。

李家兄弟和張小三都被帶到了公安局，錄完了筆錄，三人就被放了。

回去的路上，李家兄弟一言不發。李老二隱隱的感覺到他快撐不住了，弟弟的死對他的打擊太大了，他已經沒精力去應付來自蠻牛的壓力了。如果他倒下，由魯莽衝動的大哥負責西郊的各項事務，他可以想像在不久之後，西郊就會落入蠻牛之手。

快到家的時候，李老二開了口，「大哥，有事我得跟你商量。」

「你說，啥事？」李老大的嗓子啞了，說話的聲音怪怪的。

李老二仰頭看著天上的星星，今晚的星空可真美呀，不知道老天會不會有悲喜，能不能感受得到他的心情？

「大哥，你做事可千萬別再魯莽衝動了，好嗎？」

這話落在李老大耳中，就充滿了責備的味道，李老大哼了一聲，「我知道！老三的死，我做大哥的自然有責任，但你也別把責任全都推給我，你敢說你就沒一點責任？」

當初金河谷找到他們三兄弟，開出誘人的條件，李老二是積極贊同接下這個工作的，現在李老三死了，李老大心裏埋怨起了李老二，若不是你當初那麼積極，說不定老三就不會死。

「我……」

一股巨大的倦意襲上心頭，李老二本想辯解，卻又把話咽了回去，算了，都什麼時候了，說什麼也沒用了。

「大哥，把叔叔送回鄉下老家去吧。」

李老大不解，問道：「為什麼？」

李老二道：「西郊要變天了，我不想他老人家接二連三的遭受打擊。」

李老大搖搖頭，「有咱們兄弟在，西郊的天還變不了。老二，老三死了，可你也別太悲觀了，李家三雄不是還有兩雄了嗎！」

李老二笑了笑，「是啊，還剩兩個。」他提起一口氣，暗暗握緊了拳頭，告訴自己，不到最後一刻，決不能倒下！

兄弟二人來到家門前，門上已經拉起了白簾，院裏的樹上也已掛上了白綢子，進出的馬仔手臂上都帶著黑布，李老瘸子已把喪事張羅了起來。

兄弟二人來到堂屋裏，見李老瘸子端坐在太師椅上，目光渙散。

李老大和李老二撲通跪倒在地，見了叔叔，二人忍不住再次放聲大哭。李老瘸子膝下無子，李家三兄弟雖是他的侄兒，卻早已視如己出，李老三死了，他的心裏是最痛的，但此刻，他只能把淚水往肚子裏咽，決不能哭出來。

「老大、老二，你們起來，我有話對你們說！」

李老二拉著李老大站了起來，二人臉上掛著淚，哭得像個孩子。

李老瘸子忍住心中悲痛，緩緩說道：「三兒死了，這是改變不了的事實，你們兄弟也無需自責，三兒在世的時候，你們也都盡到了做哥哥的責任，說起來，他活著的這三十來年，沒受過罪，也算是幸福的了。西郊如今正值多事之秋，能不能挺過去，就靠你們兄弟兩個了，這節骨眼上，你們兄弟若是再鬧彆扭，西郊就真的要不姓李了。」

李老瘸子活了幾十年，看盡了人間百態，自然知道這兄弟二人會在老三死了之後互相指責對方，這正是他害怕的地方，所以才有了剛才那番肺腑之言。

李家兄弟含淚握住了彼此的手，相視無言，此時無聲勝有聲。

「老二，你氣色太差了，回房歇息一會兒吧。」李老大說道，想起下午李老二吐血的瞬間，真為他擔心。

李老二搖搖頭，「大哥，老三的喪事還沒辦完，我不能休息。」

「讓你休息就去休息！」李老大拿出大哥的威嚴，以命令的語氣說道，李老二只得遵從。

李老瘸子見他們兄弟關係和睦如初，心中甚是欣慰，點了點頭。

李老三死亡的消息很快就在蘇城道上傳開了，大多數人對於這個平日裏囂張跋扈的年輕人沒什麼好感，因此對於李老三的死，很多人是抱著一種「驚聞喜訊」的心態的，就連西郊李家的人馬之中，這樣的人也不乏少數。李老三活著的時候，對待下面的馬仔十分苛刻，所以很不討人喜歡。

雖然李老三的屍身還在停屍房裏，但這並不妨礙道上的人前來弔唁。當天晚上，就有聞訊趕過來的，門前車馬喧，李家門前的燈光亮了一夜，熱鬧的如夜市一般。

李老大頂著猩紅的雙目，忍住心中悲痛，接待前來弔唁的賓客。院子裏擺了三十幾桌流水的席面，西郊所有的好廚子都被請來了，在那棵大梨樹周圍臨時堆砌了十來個灶台，院子裏飄滿了炒菜的香氣。

李老大看著院子裏熱熱鬧鬧的這一片，往來弔唁的人，很少有真心悲痛的，別看外面的花圈已經擺了幾百個，但是來的人卻在這兒大吃大喝，看了讓人心裏生氣，真想把這夥人全部轟出去。

到了後半夜，趕來的賓客少了，外面也漸漸安靜了下來。李老大抬頭看著星空，吐了口煙霧，感覺到一陣無邊無際的疲憊感襲上心頭，倦意如潮水般湧來，站在庭院之中，晃晃悠悠，就快支撐不住了。

恍惚中，一隻手扶住了他。

「大哥，你回去睡一會兒吧。」李老二睡了三四個小時便醒了，看到苦苦支撐的老大，心裏驀地一酸。

李老大一轉身，瞧見了老二，擠出一絲苦笑，「你怎麼那麼快就醒了？」

李老二微微一笑，「我習慣少睡。」

李老大知道自己快撐不住了，真正的考驗是明天白天，屆時會有更多的人前來弔唁。心懷好意的或是心懷歹意的都有，那個時候才是真正要他費神應付的時候，就說了一句。「老二，那你看著，我睡會兒，天亮了來換你。」

李老大走後，李老二一個人站在院子裏抽煙，抬頭看著滿星的天空，傳說人死之後會化作天上的星辰，卻不知道這滿天星斗哪一顆是自家老三化的。他這一看就忘了時間，頭腦裏想著亂七八糟的事情，直到有人叫了他幾聲。

「二爺、二爺……」

李老二回過神來，一看是驢蛋，板著臉問道：「驢蛋，什麼事？」

驢蛋手裏端著一碗熱湯。「二爺，晚上你就沒吃東西，來，喝碗湯吧，豬肚湯。我叫王廚子剛煮的。」

李老二看著驢蛋，這傢伙一直呆呆傻傻的，沒少受人欺負，膽小怕事，但待人卻極為真誠，從他手裏接過了飯碗。「驢蛋，三爺沒了，以後你就跟著我吧。」

驢蛋的眼淚嘩嘩的流了下來，「二爺，三爺沒了，我心裏可真難受啊。」

李老二被他的哭聲感染，眼窩子發熱，又想淌眼淚了，趕緊深吸一口氣，喝道：「驢蛋，你給我滾蛋，別在老了面前哭！」

驢蛋不知李老二為何發怒，擦了擦眼淚，「二爺，湯要是不夠你再叫我。」

熬過了最難熬的一夜，李老二從未覺得時間能過得如此緩慢，當天濛濛亮的時候，他幾乎是無意識的朝李老三的房間走去，每天這個時候，都是他叫李老三起床運動的。

往前邁了幾步，這才猛然清醒過來，老三已經沒了，這是事實。

過了一會兒，李老大也醒了，兄弟倆碰了面，緊緊的抱在了一起。

吃過了早飯，就陸續有人上門了，基本上西郊地界上的販夫走卒都來了，當然這其中最多的就是道上的兄弟，李老三的葬禮可謂聲勢浩大，光花圈門口就擺了幾百個。

李老三生前就愛熱鬧，李家哥倆也想把這葬禮操辦得熱熱鬧鬧的。

金河谷是早上九點到的，昨天事情一發生他就知道了，金氏地產在工地上的幾個工作人員在事情發生的第一秒就跑了，他們知道那幫工人的厲害，害怕被牽連受害，跑了之後就給金河谷打了電話，彙報了情況。

金河谷還沒來得及做出反應，就收到李老三被打死的消息。他左思右想，不敢趕去凶案現場，害怕被李家哥倆撕了，畢竟人是在他的工地上沒的，在家裏想了一夜，金河谷知道自己不能總不露面，是該出來與李家兄弟交涉一下，表示一下慰問，否則李家兄弟還認為是他理虧不敢現身呢。

金河谷帶來了花圈，一進李家的院子，他就流下了眼淚，醞釀了一路的情緒，眼淚終於在最關鍵的時刻流了出來，他甚至覺得自己是個好演員，說不定過兩年也能自己投資自導自演一部電影。

「二位，驚聞噩耗，我連夜從京城趕了回來。」金河谷握住李老大的手，神情淒然。

李老大見他鼻子上貼著膠布，問道：「金大少，有些日子沒見你了，鼻子是怎麼了？」

金河谷歎道：「此事說來話長，李老大，你家老三的死雖與我沒什麼關係，但畢竟事情發生在我的工地上，我心裏也覺得愧疚得很，這張支票聊表心意，你收好。」

金河谷把兜裏早已準備好的支票拿了出來，放到李老大的手裏，這是一張三十萬的支票，他想通過這張支票了卻麻煩，希望李家兄弟日後不要尋他的麻煩。

李老大轉臉去找李老二，剛才還在他旁邊的李老二，此刻不知跑哪兒去了。他本想徵求一下李老二的意見，見李老二不在，猶豫了一下便收下了，畢竟三十萬不是小數。

昨晚蕭蓉蓉在林東家裏過了一夜，跟他提起李老三在金河谷的工地上被工人打死的事情，林東就覺得應該過來看看。前些日子，李老瘸子兌現了他那天在鴻雁樓的承諾，把手上一間酒吧當做賠罪禮送給了林東。這事情是李家三兄弟辦的，況且林東對李老二印象不壞，心知他此時過得艱難，應該去看一看。

一早，他就去了壽衣店買了花圈，開車到了李家，正好在門口看到了李老二。李老二正悶頭吸煙，猛的瞧見了他，有些不敢相信。

「林東，你怎麼來了？」

李老二把煙頭從嘴裏拔了出來，吃驚的看著林東。

林東把花圈拿下來，自然有李家的馬仔過來拿走，朝李老二一笑，「李老二，我主要是來看看你。」

不知怎的，李老二忽然覺得心田一暖，似乎從未有人那麼關心過他，想到林東和他幾乎是對立的立場，又覺得不可思議，板起臉道：「我很好，謝謝你能過來，裏面請吧，中午吃了飯再走。」

李老二帶著林東進了院子裏，金河谷正和李老人聊著，他無意間看到了林東，目光忽地變得凌厲起來，猶如殺人的利刃。

金河谷下意識的摸了摸貼在鼻子上的膠帶，心中泛起無邊的仇恨，昨天工地上發生的事情，他一併算到了林東的頭上，心想若不是林東當初扔了個假炸藥包在他的工地上，原來的工人就不會跑掉，尤其當他得知跑掉的工人都去了林東的工地之後，他更是難以咽下這口氣。

新仇舊恨，金河谷知道這世上有林東存在的一天，他便活得不開心，若想解脫，他倆必須要死一個。

「你也來了？」

林東見到金河谷，想起他對蕭蓉蓉做的事情，目光一凜，卻又瞟向了別處，和李老二邊走邊說，把金河谷當成了空氣。

「我看你還能狂幾天！」

金河谷已經忍不住了，他要催促萬源儘快結果了林東。

李老大一看，便知道二人仇恨極深，希望今天不要在他家鬧起來才好。

李老瘸子聽聞林東前來弔唁，從後院趕了過來，在堂屋裏親自接待林東，為他奉茶。林東在他眼裏是高紅軍的女婿，未來蘇城道上一把手的接班人，自然不敢輕怠。

李老癩子旁敲側擊的問了林東幾句，卻發現林東並不是奉高紅軍之命前來弔唁的，而是以他自己的名義。

「老爺子，節哀順變，保重身體！」

林東說了一些應場的話，便起身打算離去。

李老癩子親自把他送出去，這一幕落在金河谷眼裏，便覺得連李家人也輕視了他，為什麼他林東來了李老癩子就出來，而他來了半天，也沒見李老癩子跟他打個招呼？

金河谷心中憤憤不平，在林東離開不久之後也走了。

李老癩子把兩個侄兒叫到跟前，「老大、老二，林東這個人你們要好好相處，尤其是老二，你要保持與他的良好關係，這對咱們以後有大用！」

兄弟兩個點了點頭，出門一抬頭，已接近晌午了，院子裏十幾個廚子和幾十個幫廚正在緊張的忙碌著，滿院子的哀樂聲中飄蕩著濃濃的菜香。

李老二打起精神，還有一個人沒到，這個人不來，他就一刻都沒法鬆懈下來。

「老二，老三的屍體還沒回家，這個事咱們得儘快了。」李老大說道。

李老二點點頭，「知道了，我一會兒就托人去打聽打聽。」

臨近中午，李老二的心裏愈發的不安，時不時的就朝門口望一眼。

李龍三領高紅軍之命，帶著三兩隨從，他的來臨，頓時引起了一陣騷亂。

李家兄弟趕忙迎了上去，將李龍三帶至堂屋，李老瘸子又從後院裏趕過來，親自接待貴客。李龍三親臨，那自然是代表高紅軍過來的。

「李老，五爺驚聞三公子不幸殞命，特命我前來弔唁，還望您老以身體為重，不要太過傷心了，節哀順變吧。」李龍三臉上露出惋惜之色，安慰李老瘸子說道。

李老瘸子抓著李龍三粗壯的胳膊，老淚縱橫，半晌沒說出話來。

「龍三啊，回去轉告紅軍，就說老瘸子感謝他的關心，讓他不用擔心，我能扛得住。」

李龍三點了點頭。

李老二道：「龍三兄弟，已是晌午了，就快開飯了，吃了再走吧。」說著，拉著李龍三到院子裏去坐席。

六月初的蘇城，已經進入了夏季，在烈日的烤灼之下，加上院子裏十來個臨時堆砌的灶台，院子裏如同火爐一般，熱得個個滿頭大汗。李老二把李龍三安排好座位，就為他找來電風扇，對著他扇風。

這蘇城有不認識高紅軍的馬仔，卻沒有不認識李龍三的馬仔，高紅軍那是高高在上的天神，能見到他的馬仔沒多少，而李龍三則是高紅軍在大地上的化身，沒有人不認識這個出了名的狠角色。據說。李龍三一人可以單挑二十人，有著超乎常人的戰鬥力！有許多不知天高地厚的年輕馬仔，找到了一條承蒙的捷徑，那就是挑戰李龍三，但無一例外，他們都失敗了。

李龍三一坐下，四面八方的馬仔就都湧了過來，都是為了一睹他的威顏。

李老瘸子站在堂屋裏，瞇著眼睛看著院子裏，歎道：「一個李龍三尚且如此。更別說高紅軍了，如果高紅軍真的有滅我西郊之心，恐怕咱們連反抗的機會都沒有。」

李老大說道：「叔叔，高紅軍不是派人來了麼，而且派的是李龍三，你瞧，這多給咱們西郊李家的面子啊，我看他強雖強，但畢竟在福伯和您的面前發過誓了，應該不會搶咱的西郊的。」

李老瘸子歎道：「希望如此吧！」

就在熱菜開始上桌，就快開席的時候，忽聞門外傳來呼天搶地的哭聲。眾人紛紛朝門外望去。過了半分鐘，只見蠻牛帶著幾人，個個身上衣服的色彩都很鮮亮，嘴裏發出難聽的乾嚎，就這樣闖進了院子裏。

李老二眉頭一皺，擔心的麻煩還是找上門來了。

「蠻牛，今天是我家老三的白事，請你不要在這裏鬧事，否則我必然饒不了你！」李老二冷冷道。

蠻牛冷哼一聲，「笑話，李老二。是你傻還是我傻？這裏都是你的人，我就帶了這麼幾人，我來鬧事？我腦袋被驢踢了不是！」

李老二心知蠻牛不是善類，來這裏絕非好意，心生戒備，做了個請的手勢，「既然來了，那就請坐下來吃頓飯吧。」

蠻牛一招手，帶來的幾名馬仔扛著花圈走了過來，往李老二身前一放，見了輓聯上那兩行字，李老二氣得差點吐血，在場西郊李家這一邊的人馬立刻陰沉下了臉，冷冷的看著蠻牛，場中的火藥味漸漸濃了起來。

只見花圈上的輓聯上寫著：西郊第一壞蛋，今天終於完蛋。

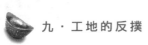

「蠻牛，你太過分了！」

李老三生身前就算有再多的不是，作為他的親哥哥，李老二也不容許人在他死後還要辱罵他，見了這副輓聯，氣得血湧上頭，指著蠻牛怒罵。

蠻牛上前湊近一看，連忙把那副輓聯撕了下來，叫過一個馬仔，拳打腳踢起來，「誰讓你這麼害我的！李家三爺有那麼不堪嗎？老子打死你！」他把責任全部推到了手下馬仔的身上。

李老二也不想在今天與蠻牛大打出手，揮了揮手，「蠻牛，你的心意我領了，帶著你的人走吧。」

蠻牛露出狡黠的笑容，「李老二，太不夠意思了吧，老子可是扛著花圈來的，一口水都沒喝，就讓我走？」

李老二一想的確是有違待客之道，便指了指一張空桌子，「既然如此，你和你的人就坐那兒吧。」

蠻牛哈哈一笑，吆喝一聲，「兄弟們，坐席！」

一群虎狼之人一哄而上，七八個人占了一個桌面，嘻嘻哈哈的聊起了天，就像是進了酒樓，完全不把這裏當做白事的地方。李老二看得直皺眉，隱隱覺得蠻牛這傢伙還有後手。

李老大走到他身旁，「老二，蠻牛太欺負人了，竟敢找上門來，今天趁著咱們的人都在，乾脆一不做二不休，要他有去無回！」李老大並指如刀，做了個「切」的動作。

李老二也想那麼做，今天無疑是除掉蠻牛的大好時間，但一想到蠻牛是來弔唁的，他就無法下手，低聲說道：「大哥，不能那麼做，人家送來花圈，是來弔唁的，咱們若是今天把他做了，只怕以後咱們李家就沒臉見人了。」

李老大一跺腳，「老二啊，放虎歸山，總有一天你會後悔的！機會就在眼前，稍縱即逝，錯過了就不再來啊，你還講究那麼多幹嘛？」

李老二只是搖頭，「大哥，要做也不能在咱家動手，還是在他回去的路上動手吧，你去找人伏擊。」

李老大面露喜色，雙掌合十，抬頭望天，「老三啊，你若是在天有靈，就保佑大哥二哥今天順利收拾了蠻牛吧。」

李龍三看著李家兄弟，皺著眉頭，再看看蠻牛那一桌，心道不好，蠻牛這傢伙真是個蠢貨，不知刀已經懸在他頭上了，居然還在那狂飲。蠻牛是高紅軍奪下西郊的一顆重要的棋子，李龍三自然不能坐視這顆棋子被人吃掉，腦筋一轉，準備給蠻牛提個醒。

「剛才和李老二嬉皮笑臉的是什麼人啊？」李龍三大聲說道。

他的手下立馬答道：「蠻牛，和李家一直對著幹。」

「蠻牛？」

李龍三鼻孔朝天，嘴裏叼著煙，說話的聲音有些悶悶的，「好大的一棵蔥啊！」

聲音不小不大，正好傳到了蠻牛坐的那一桌，蠻牛一聽，心想誰那麼大的口氣，正想去鬧點動靜，轉頭一看，見是李龍三，一下子火氣全沒了，對兩旁的手下說道：「你們這幫傢伙，李龍三在這，為什麼不早告訴我？」

若知道李龍三在場，蠻牛早就過去請安問好了，聽李龍三方才的那番話，很明顯是對他的所作所為不滿，硬著頭皮，趕緊過去賠禮道歉，他拎著酒瓶，走到李龍三那一桌。

「三爺，沒想到您也在，蠻牛有眼無珠，剛才沒瞧見你，特來賠罪。」蠻牛恭恭敬敬的說道。

李龍三板著臉，他坐在那兒，蠻牛站著，必須要仰視著才能說話，「蠻牛，你挺狂啊，過來幹什麼，跟你說話累得老子脖子都疼。」

蠻牛趕緊蹲了下來，仰著頭看著李龍三，「三爺，這樣可好些了？」

李龍三微微點點頭，心道蠻牛這傢伙心思倒也還算活泛，估計自己稍加點撥，他就能明白目前的處境堪虞了，便說道：「蠻牛，今兒是李家在辦喪事，我知道你跟李家有仇，但也不必趕日子挑今天來鬧事吧？我既然喝了李家這杯酒，吃了他家的菜，我人在這兒了，你在這鬧事，這我就不能不管！」

蠻牛以為李龍三要揍他，慌忙解釋：「三爺，你誤會了，我不是來鬧事的，我是帶著花圈來的，也是來弔唁的，不信你看。」說完，指著他送來的花圈。

李龍三冷哼一聲，「我不需要看，剛才你做的事情我都看在眼裏了。有我在這兒，夾著點尾巴。」

蠻牛連連點頭，「三爺，剛才是我不敬，為表歉意，我乾一瓶！」蠻牛亮出了帶來的那瓶酒，舉起來就要往肚子裏灌。

這傢伙沒喝酒已經那麼鬧了，如果讓他乾一瓶下去，那還了得！李龍三一皺眉頭，「蠻牛，你當今天這兒是什麼場合？是你大吃大喝的地方嗎？」

蠻牛一愣，「三爺，那我該怎麼辦是好？」

李龍三指了指桌上的杯子，這一杯大概二兩酒，對於蠻牛這種人來說，跟喝一杯水沒啥區別，「你要是真心悔改，那就把這杯酒喝了，聊表誠心吧。」

蠻牛心中狂喜，看來李龍三還是向著他的，想起那日郁天龍找他的事情，看來這背後應該是高紅軍在使力，有高紅軍在背地裏撐腰，他還怕什麼，開心的端起這杯「罰酒」，仰脖子一下子乾了。

李龍三哈哈一笑，拍了拍蠻牛的肩膀，站了起來，這蠻牛的塊頭算是大的了。但在李龍三跟前，依然顯得小很多，即便是不借著名聲與地位，李龍三也有令他折服的氣勢與本錢。

趁著拍蠻牛肩膀的機會，李龍三在他耳邊低聲說道：「李家人要對付你，找一條小路回去，和你的手下分開走。」

蠻牛臉色一變，這才明白李龍三明裏是責備他，但暗中卻是在幫他，想起今日這事，忽地一身冷汗，早上聽說李老三死了，腦子一熱就帶著七八人過來了，還送了一副嘲笑死人的輓聯，若是李家兄弟要對付他，他今天是如何也逃不了的了。

回到他那一桌，四下張望了一下，只有李老二在招待賓客，李老大卻不知哪兒去了，心裏一想，李家兄弟自然不會當著那麼多人的面收拾他的，那麼只可能在他離開李家之後動手，李龍三分析的沒錯，他是該與兄弟們分開走，只要抓不到他，手底下的這幾人也不會有什麼麻煩的。

「牛哥，想啥呢？來，喝酒啊。」

正當蠻牛出神想從哪條路線逃走的時候，身旁的馬仔卻拉著他喝酒。

蠻牛本想罵那人幾句，但腦筋一轉，不能讓李家人瞧出他前後的變化，便主動拉著弟兄們喝酒，只不過喝酒的時候使了個詐，喝多少吐多少。李老二作為主家，席面開始之後，他便開始挨桌敬酒，特意最後一桌來到蠻牛這一桌，看看他喝得怎麼樣，見蠻牛說話時舌頭打結，以為他喝高了，心裏一喜，認為今天辦了蠻牛又多了幾分勝算。

又吃了一會兒，蠻牛晃晃悠悠的找到李老二，滿口酒氣的說道：「李老二，今天是你家老三升天的日子，我不該來攪局，請你原諒，過了今天，咱倆的事情該怎樣就怎樣，話不多說，老子走了。」

李老二冷冷一笑，「不送！」

蠻牛前腳出門，李老二就朝後院走去，摸出手機給李老大打了個電話，「大哥，準備的怎麼樣了？」

李老大道：「我打聽過了，蠻牛是從馬頭橋過來的，我帶人埋伏在橋的兩側，怎麼樣，他過來了嗎？」

李老二道：「剛走，估計半小時後到馬頭橋。那廝喝了不少，擒住他應該容易些，別搞出人命，把人抓回來就成。」

李老大道：「知道了，家裏的事情你照應著，這兒就交給我吧。」

蠻牛走出李家，與他的弟兄往前走了幾分鐘，見身後沒有李家人盯著，就藉口說要去辦事，讓他們先回去。那幾人以為蠻牛是要找情人去了，嬉笑了一番，按來時的路原路返回。

李老大拿著望遠鏡，一直盯著北面，終於在他的視線範圍之內出現了一群人。

「來了，大家做好準備！」

李老大手一揮，馬頭橋兩旁的人得到他的指示，各自找地方藏好。

蠻牛的七八名手下越走越近，李老大的心就跳得越來越厲害，往常這類事情都是李老二做的，今天他主動要挑大樑，也有點要向李老二證明自己能力不比他差的原因。

等到那群人離馬頭橋不到一百米的時候，坐在橋頭賣西瓜的棚子下的李老大忽然覺得有些不對勁了，拿起望遠鏡仔細看了看，心裏一驚，蠻牛那廝哪裏去了？

那群馬仔並未意識到危險在悄悄迫近，走到橋頭，看到有個賣西瓜的棚子，其中一個大笑道：「中午的菜太鹹了，走，切個西瓜解解渴。」

第十章

藍顏知己

已記不清有多少日子，溫欣瑤斷了音訊，林東試圖用各種方法聯繫她，而溫欣瑤就像是從人間蒸發了似的，任他如何找尋，也遍尋無蹤，若不是俗務纏身，林東恨不得飛去美國。如今終於等來了溫欣瑤的音訊，林東心裏總算是可以放下一塊巨石了。

「喂，老頭，切個瓜給爺們解解渴！」

那幾人叫囂著，一個個赤裸著上身，身上的汗衫都搭在肩上。

李老大頭上戴著涼帽，這兒賣西瓜的老頭已經被他支走了，西瓜棚子也被他臨時徵用做了作戰指揮部，聽到這幾個馬仔的叫喚，摘下了頭上的涼帽，露出猙獰的笑容。

「我靠，是李老大！」

這幾馬仔看清了眼前賣瓜人的模樣，個個都嚇得不輕。

「唉呀媽呀，這不李老大嘛！」

等著幾人反應過來，意識到了危險想跑的時候，卻看身後已有幾十人追了過來，沒跑多遠，就被捉回來了。

蠻牛的七八個手下被按倒在地，李老大又戴上了涼帽，看著地上哀嚎的馬仔，冷冷的問道：「說！蠻牛人呢？」

地上七八人無一人響應，李老大目光一冷，嘴裏蹦出一個字：「打！」

一聲令下，馬頭橋上就響起了哭爹喊娘的哀嚎聲。過了五分鐘，李老大才下令讓手下停手。

「還說不說？」李老大又問道。

蠻牛的這幾個手下個個都被打得遍體鱗傷，有的剛才還被打得昏了過去，李老大帶來的這幫人，個個下手都實在。

「李老大，別問了，我們真的不知道，牛哥和我們從你家出來之後就一個人走了，他說要去辦事，其他的我們就真的不知道了。」地上躺著的馬仔中的一個吊著半口氣說道。

李老大不相信，手一揮。「再給我打！」

「啊……饒命啊……」

哀嚎聲再起，李老大點上一支煙，直到一支煙吸完，他才叫停。這一看，八個馬仔已有七個昏了過去，便對那一個還清醒的說道：「說吧，何必自討苦吃呢。現在他們都昏死過去了，就剩你一個還清醒著，說出來他們也不知道。」

那人滿臉是血，嘴裏含糊不清的說道：「李老大，我是真的不知道，剛才沒騙你，牛哥他的確說有事沒跟我們一起回來。」

李老大與馬仔打了大半輩子的交道，知道這幫人斷然不可能有寧死也不出賣老大的義氣的，心想他們應該是真的不知道蠻牛的行蹤，氣得朝西瓜棚子踹了一腳，打爛了幾個西瓜，這次他主動請纓過來活捉蠻牛，沒想到卻連蠻牛的影子都沒看到，這口氣實在是難以下嚥。

「老大，怎麼辦？」

驢蛋湊過來問道。

李老大陰沉著臉，手一揮。「回去！」

李老二在家中焦急等待，吃過中午飯之後，就有不少賓客告辭了，他站在門口一邊迎來送往，一邊看著門前的那條路的盡頭，卻一直等不到李老大的蹤影。等到客人送得差不多，他剛坐下來喝口水，就見李老大帶著一群人走進了院裏。

李老二見他大哥黑著臉，便知道事情辦砸了。

李老大低頭走了進來，歎了口氣，「老二，蠻牛走了，那孫子似乎收到了風聲，一離開咱家就和他的手下分開走了，我在馬頭橋沒等到他。」

李老二抿著嘴半天沒說話，久久才歎了口氣，「大哥，你也別自責了，說不定這只是個巧合。」

李老大搖搖頭，「巧合？這世上哪有這麼巧的事？這事情是咱們兩個臨時商量出來的，蠻牛怎麼可能知道？」

李老二也很懷疑，難道真的是蠻牛這傢伙福大命大？這是他最不願意承認的。

這時，李龍三走了進來，他見李老大耷拉著腦袋進了院子，就知道蠻牛那傢伙逃過了一劫，他心裏也可以放心了，所以進來向李家兄弟告辭。

「二位，俗務纏身，我就不久留了，你們家老三出殯的那天，我會派人過來的。」

李老二和李老大一起把李龍三送到了門外，對於李龍三今天的表現，他們是很感激的。這哥倆一直以為如果今天不是李龍三在場，那就沒人能鎮得住蠻牛，指不定蠻牛會鬧出多大的事情來。

千恩萬謝，李家兄弟一直把李龍三送到門外，看著李龍三的車子走遠，這才回到院子裏，他們怎麼也想不到今天如果不是李龍三識破了他們的計畫，蠻牛是怎麼也逃不掉的。

林東的傷勢痊癒，去李家弔唁過之後，他便去了金鼎投資公司。

許久未出現在公司，剛一坐下來，就有不少人到辦公室來彙報工作。

首先來的是劉大頭和崔廣才，他兩頭大如斗，一個勁的哀聲歎氣。

「說吧，遇到什麼麻煩了？」林東笑問道。

劉大頭和崔廣才皆是一臉疲倦之色，金鼎投資公司正以他們難以想像的速度在發展，這一點在他們資產運作部得到了最明顯的體現，公司成立一年不到，但他們賬上可操縱的資產卻翻了成百上千倍，這正是他們煩惱的根源。

劉大頭猛吸一口煙，「林總，人手不夠，咱們快忙不過來了，太累了。」

林東笑著說道：「大頭，這是好事嘛，你不是戒煙了麼，怎麼又抽起來了？」

劉大頭苦笑說道：「還能為什麼，壓力太大唄。」

林東意識到了嚴重性，這兩名心腹愛將一起到他跟前訴苦，這說明問題的確已經發展到了他們扛不住的地步了。林東沉默了一會兒，拿起桌上的電話，打到管蒼生的辦公室裏，把他也叫了過來。

管蒼生進來一看劉大頭和崔廣才都在，便知道今天是有大問題要討論了。

「老崔，你把情況說一下，大家討論討論，看看如何解決。」林東說道。

崔廣才道：「情況並不複雜，事情是這樣的，隨著公司的迅速發展，咱們資產運作部操控的資金如滾雪球般越滾越大，因為超高的收益，許多老客戶不僅不撤走，反而追加投資，加上不斷有新客戶的加入，咱們的客戶資產已經到了一個難以消化的地步了。」

管蒼生聽了點點頭，「這點我也承認，一部和二部的兄弟都很勞累，為的就是不讓資金閒置。但人並不是機器，長此以往下去是要出大亂子的，從這個月的報表就能看出來了，咱們的收益增長幅度首次出現了緩減。」

林東深吸了一口煙，瞇著眼睛思考如何解決問題。

劉大頭道：「林總，我和老崔商量過了，覺得有個法子可行。」

林東望著劉大頭，點點頭示他說下去。

「從現在開始，只允許客戶撤走資金，不接收新老客戶任何金額的投資，然後再招些人手，這樣便可解決目前的矛盾。」劉大頭把他和崔廣才商量好的結果說了出來，表面看來，這法子的確是解決眼前問題的良策。

林東仔細一考慮，就發現了問題，如果採用了這個方法，不僅會使他們流失一部分客戶不說，還會使公司停滯不前，停留在目前這個層面上，當下斷定這個法子只可解一時之渴，絕非長久之計。

「管先生，你有什麼看法嗎？」

他並未直接否決劉大頭的提議，而是徵詢管蒼生的意見。

管蒼生道：「我暫時未想出什麼法子，但小劉剛才說的那個方法，我不贊同。」

「為什麼？」林東問道。

管蒼生笑了笑，「那樣做了，咱們不就固步自封裹足不前了嘛，那樣不行的。」

這話說得劉大頭和崔廣才臉皮發燙，他們兩個不是不明白這個道理，而是的確想不到更好的法子，總不能讓他們活活累死。

「林總，管先生說的有道理，這的確不是個從根本解決問題的法子，但目前的情況來看，如果任由資產膨脹，只怕到時會引發更大的問題啊！」崔廣才激動的說道。

林東碾滅了煙頭，緩緩開口說道：「歸根究底，還是因為公司的硬體跟不上步子了，事情得從根本上解決問題。」

「如何解決？」劉大頭和崔廣才齊聲問道。

林東心中已有了主意，當下說道：「成立分公司分流，以蘇城為總部。」

崔廣才和劉大頭只想到要怎麼暫時解決眼前的麻煩，卻未能從另一個更高的角度去想，當林東說出要成立分公司的時候，這兩人顯然有些傻眼了，在他們看來，這步子跨得太大了。

「當然，分公司的成立是需要時間的，在分公司成立之前，可以採用大頭和老崔的方法，不過要改一改。將投資的門檻由一百萬提升到一千萬，如果客戶想要贖回，那咱們不攔著。」林東又補充了幾點。

劉大頭問道：「那要是老客戶追加投資呢？」

「至少追加一千萬，否則不予受理。幫他們賺了那麼多的錢，咱們該強勢的時候就得強勢！」林東道。

劉大頭聽著有些害怕，「這樣做會不會把客戶給得罪了？」

林東笑道：「這你就甭管了，除了咱們這兒，哪兒還能給他那麼高的回報？咱們牛，咱們就是大爺，你怕啥？」

劉大頭仔細一琢磨，的確是這個道理。

崔廣才已經興奮了起來，如果成立了新公司，他認為自己很有可能會被放出去主政一方。當分公司的一把手，那樣就可實現他多年的理想了。忙問道：「林總，咱們的分公司選在哪裏呢？」

林東心中已經有了決斷，蘇城這地方雖然富庶，但畢竟是個二線城市，資源有限，他的分公司，一定要更上一個台階，高起點，高追求。他初步定下了兩個城市，一個是遠在北方的京城，另一個則是距離蘇城只有一個小時車程的中國經濟中心海城。

至於選哪個城市，林東一時還決定不下來。

「老崔，我還沒想好，暫時只能告訴你，不會在蘇城。」

林東拿起電話把負責人事招聘的楊敏也給叫了進來，楊敏一進門就被濃濃的煙味嗆的咳嗽了起來，劉大頭見狀，立馬奔過去把窗戶拉開。

「各位別抽了，我老婆受不了煙味。」

楊敏適應了一下，含笑說道：「林總，您找我？」

林東指了指沙發，讓她坐下，「小楊啊，我剛才和他們三個說過了，準備成立分公司，從今天開始，你就要忙碌起來了，我需要很多的精兵強將，他們將成為分公司的基石，你們人事部儘快行動起來吧。」

楊敏點點頭，面露難色，「林總，你還不知道吧，咱們的辦公室已經快擠爆了，容不下更多的人了。」

林東一笑，「這個簡單，招到的新人全部送去溪州市，金鼎大廈有一半的辦公室都是空著的，到時候公司這邊派人過去進行培訓就是了。」

楊敏一笑，「我沒問題了。」

「那就散會吧。」

劉大頭等人前腳剛走，紀建明就進來了。

「唔……金河谷這孫子終於露頭了。」紀建明奉林東之命調查金河谷，一個多星期一點進展都沒有，正不知如何向林東交代之時，金河谷終於現身了，今天早上，他派出去的人發現金河谷去了西郊李家。

金河谷這一個多星期都在別墅裏養傷，他的鼻樑骨被林東打斷了，至今還沒好，若不是李老三在他的工地上死了，他估計還得有個把月才會露面。

「他離開李家之後去哪兒了？」林東笑問道。

紀建明一愣，「咦，你怎麼知道他去了李家？」

林東笑道：「因為我也去了李家，在那兒碰見了他。」

紀建明明白了過來，說道：「這傢伙沒回家，直接開車奔溪州市去了，我派出去的人剛剛發來消息，說金河谷從超市裏買了很多東西，然後去了溪州市郊外一個湖畔的別墅，至今還未出來。」

「具體是什麼位置，你讓你的手下儘快發回來。」林東隱隱覺得不對勁，金河谷這樣的人怎麼可能親自去超市？這些事情不都是他們家保姆幹的嗎？

腦子裏一道念頭閃過，林東像是抓住了什麼，對紀建明說道：「告訴你的人，千萬要小心，這次行動有危險，實在不行就撤回來！」

紀建明臉色一變，起身道：「我這就去辦。」

林東靠在椅子上，一隻手按在額頭上，輕輕的揉捏著，腦中的思緒卻是極速的運轉著，腦子裏金河谷和萬源這兩個名字時而重合時而分開。

正當他苦思無解之際，桌上的手機響了，他一看號碼，幾乎要興奮的叫了出來。

已記不清有多少日子，溫欣瑤斷了音訊，林東曾試圖通過各種方法聯繫她，而溫欣瑤就像是從人間蒸發了似的，任他如何找尋，也遍尋無蹤，若不是俗務纏身，林東恨不得飛去美國。如今終於等來了溫欣瑤的音訊，林東心裏總算是可以放下一塊巨石了。

「溫總，是你麼？」

林東的聲音略顯緊張，竟不可自抑的顫抖起來。

電話裏傳來溫欣瑤銀鈴般的笑聲，熟悉中帶著幾分陌生。

「林東，不是我能是誰啊。」

聽到了溫欣瑤的聲音，林東終於不再為她擔憂了，想起那麼長的時間聯繫不到她，害自己擔了那麼長時間的心，心裏不免有些生氣，口吻中略帶責備之意，「溫總，這段時間你上哪兒去了？怎麼你的電話一直打不通……」

林東像是發了一通牢騷，電話那頭的溫欣瑤輕聲的笑著。

「林東，你生氣了？這是緊張我嗎？」

溫欣瑤說出一句頗有些曖昧意思的話，林東一時不知該如何回答，而心裏卻十分受用，暖暖的很舒服，感覺到前段日子為她擔憂再辛苦也是值得的，對溫欣瑤再也提不起一絲生氣。

長久以來，林東都弄不清他與溫欣瑤到底是一種怎麼樣的關係，有時覺得很明顯，他們是合作夥伴的關係，有時又覺得應該不止這層關係，應該超越了合作夥伴這個層面，有點互為知己的感覺。

有多個夜晚，他頭枕在手臂上，望著天花板發呆，傻傻的問自己，我是不是她的藍顏知己呢？這其中的「她」，自然指的就是溫欣瑤了。

「溫總，我正有事情想跟你彙報呢。」林東扯開了話題，溫欣瑤這個女人的魅力太大，一句話就能讓他浮想連篇把持不住，若再繼續曖昧下去，他怕真的控制不住自己。

溫欣瑤道：「林東，怎麼還說『彙報』這個詞。自從我離開元和證券，咱們就再也不是上下級的關係了，你是我的合作夥伴。記住了嗎？」

林東感受到了對方的強勢，點了點頭，「我記住了。」

「你要說的是公事嗎？」溫欣瑤問道。

「是啊，鑒於公司發展的需要，我打算成立分公司，溫總你的……」

林東話還未說完，溫欣瑤就打斷了他，「林東，公司的事情就由你全權做主吧，我不干涉。相信你能處理好方方面面。」

金鼎投資公司已非昨日只有幾個人的小公司，而溫欣瑤卻一如往昔，給予了林東最大的信任，這份信任令林東心裏十分感動。不知有多少創業者可以共患難，等到小有所成之時便開始互相算計，幸運的是，他與溫欣瑤之間的信任卻是隨著歲月的沉澱而歷久彌堅。

「溫總，你就不怕我黑了本該屬於你的錢？」林東笑著說道，卻未發現自己語氣的變化，若是有不知情的人在場。或許會認為他正與情人打電話呢。

溫欣瑤咯咯一笑，如夜鶯嬌啼，如同一首動聽的曲子，十分的動聽悅耳，令林東不禁有些癡迷，真希望時間能在這笑聲中停滯不前，讓他有無盡的時間可以體會感受。

「我才不怕呢，反正這公司我當初也沒投多少錢，而投資成本也早就賺回來了，現在公司每個月往我賬上打的錢，我看著都有些難以置信，多的讓我覺得跟做夢似的。」

溫欣瑤說話的語氣有些嬌俏，這是從未在林東面前流露過的一種語氣，令他不禁心神蕩漾。

林東站到窗前，讓高空的風吹進來，降了一下溫度，「溫總，你去美國那麼久了，何時回來啊？公司裏的人可都想你呢，許多人更是只聽過你的名字而未見過人哩。」

溫欣瑤歎了口氣，「君問歸期未有期，林東啊，這邊的事情不知何時才能結束，你問我何時回去，我實在無法回答你。」

林東很好奇溫欣瑤為什麼去美國那麼久還不回來，有什麼事情要處理那麼久還處理不好呢？他吸了一口氣，猶豫了一下，便把心裏的問題說了出來，「溫總，你要處理的事情，是否跟美國著名的家族溫氏家族的家產案有關？」

電話那頭忽然靜了下來，林東屏住呼吸，等待溫欣瑤的回話，過了一會兒，卻等到了一串忙音，看來溫欣瑤是不願意回答這個問題，某種程度上，也算是承認了林東的猜測。

林東立在窗前，極目遠眺，看著天上漂浮的雲彩，空氣有些悶熱，風也一陣比一陣緊了，看來就快變天了。

「她果然是溫氏家族的人。」

林東點了一支煙，滿臉憂慮之色，他這是為溫欣瑤在擔心，這近一年來，她一定過得非常疲憊，要她一個女人去應付溫氏家族那幫精明的人，實在是難為了她。

「溫總啊，可知我有多麼想要為你分憂嗎？」

一根煙還未吸完，就聽到有人推門走了進來，扭頭一看，卻是楊敏。

「有事嗎，小楊？」

楊敏道：「林總，中午了，我來問你是否要為你叫餐？」

林東笑了笑，「不必了，待會兒我自己出去吃。」

「那我出去了。」楊敏關上了門走了，林東沒有配秘書，穆倩紅現在大多數的時間都在金鼎建設公司那邊，只要林東一回來，她就會充當秘書的角色。

到了中午下班時間，林東便打電話把紀建明、劉大頭和崔廣才三人叫到了辦公室裏，這哥三個一進辦公室，就心知今天有好事。

「這個時候把咱哥幾個叫過來，我說大老闆，你該不會不請咱們吃一頓吧？」崔廣才瞇著眼笑道。

林東笑道：「找你們來就是為這事，好久沒去羊駝子吃了，有點想了，諸位如果不嫌羊駝子髒亂，那麼就跟我走吧？」

「巴不得你天天請呢！是吧大頭？」崔廣才說著摸了一把劉大頭圓滾滾的腦地，嘿嘿直笑。

劉大頭咧嘴一笑，「那是自然，哥幾個，走！」

四人往外走去，乘電梯下了樓，過了馬路走一會兒就到了羊駝子，只剩下一張空座，沒得挑，四人就在那張空桌旁坐了下來。

羊駝子老闆見是林東幾人，立馬放下手中的活兒，過來熱情的打招呼，「喲，您幾位可是有段日子沒來了，今天吃點啥？」

林東笑道：「老闆，你看著上吧，啥好吃咱就吃啥。」

駝背的老闆說一聲「好。」卸下肩頭上的毛巾，在他們的桌子上抹了抹，轉身便走開了。

林東把煙盒放在桌上，其他三人也不客氣，各自抽了一根，一起吞雲吐霧起來。

「在這兒吃飯，能讓我想起好些事來。」紀建明吐了一口煙霧，緩緩說道，「雖然才過了一年，但卻像是經歷了幾個世紀似的。」

在座四人都有同感，各自點了點頭。

「喂，林東，還記得去年六月份你在幹什麼嗎？」劉大頭笑問道。

林東哈哈笑道：「當然記得，那段日子我這輩子都忘不了。去年這個時候的我，整天腦子裏只有兩個字，業績！」

紀建明接過話，「當時我坐在你和徐立仁的對面，那廝整天對你冷嘲熱諷，那時誰也沒能想到，這短短一年，你竟能混成這樣，太不可思議了！」

「對了，徐立仁現在在做啥？」林東問道，徐立仁曾經來找過他，想要在金鼎投資公司謀一份差事，林東拒絕了。

劉大頭道：「他呀，自從在元和被老魏炒了之後就無所事事了，整日不幹正事，據說與地痞流氓稱兄道弟去了。」

林東眉頭一皺，「這人完了。」

崔廣才狠狠吸了口煙，「他這叫自作孽不可活，徐立仁那傢伙是罪有應得！」

紀建明揮揮手，「咱別聊他了，今天金鼎投資公司的元老算是都到齊了，是個值得慶祝的日子啊！」

「你們不覺得還缺個人嗎？」林東笑道。

「誰？」三人都沒猜到林東說的是誰。

林東稍加提示。「是個女的。」

三人你看看我我看看你，劉大頭一拍腦門，「哎呀，咱怎麼把溫總給忘了。」

崔廣才道：「是啊，如果沒有溫總，咱們四個估計早就各奔東西分道揚鑣了，哪還有機會共事那麼久。」

「可惜溫總不在，如果也在的話，咱們倒是可以把她也叫上，一起吃頓飯，說一說創業初期那段艱辛的日子。」劉大頭說道。

崔廣才伸手在他腦瓜子上彈了一下，「溫總是什麼人？能跟咱們到這種地方吃飯嗎？」

崔廣才一抬頭，瞧見駝背的老板正朝這邊往來，才知剛才說的話有些不中聽。忙補上幾句，「雖然羊駝子的東西很好吃，但溫總是吃慣了西餐的人，恐怕不愛吃羊肉。」

他瞧見駝背的老闆臉色蕩漾出笑意，這才鬆了口氣。

紀建明看著林東說道：「林東，溫總到底去美國幹什麼去了？怎麼那麼久還不回來？」

林東搖搖頭，「這事我也不清楚，既然她沒回來，那自然就是有事情還沒處理完。」

駝背的老闆把羊肉火鍋端了上來。誘人的香氣瀰漫開來，勾的幾人直流口水。各自都不再說話了，拿起筷子狼吞虎嚥的吃了起來。因為下午還要工作，所以很有默契的誰都沒有提要喝酒。

鍋子裏的菜吃完，駝背的老闆又送來了羊雜，讓他們自己添加。這頓飯吃了一個多小時，吃的個個肚皮溜圓，非常滿足。林東在桌上放了三百塊錢就走了，駝背的老闆追出來要找錢給他，林東轉身揮揮手，沒有要。

回到辦公室不久，紀建明就急匆匆的推開了林東辦公室門。

「林總，查到了！」

紀建明神情激動，「溪州市南郊的抵雲灘，金河谷在那兒有棟別墅！」

林東沉住氣，笑著說道：「好了，老紀，把你的人全部撤回來吧，這件事不要再調查下去了。」

紀建明點點頭，「那我先出去了，有需要隨時吩咐！」

紀建明走後，林東就陷入了沉思，他隱隱覺得萬源很可能就藏在金河谷在抵雲灘的別墅裏。

「萬源，這回我一定不會讓你逃了！」

林東碾滅了煙頭，拿起了桌上的手機，猶豫了一下，又把手機揣進了兜裏，並未撥通那個電話，然後便起身離開了公司。

金河谷一進抵雲灘的別墅，簡直不敢相信這是他花了幾百萬裝修的豪宅，印入眼簾的，完全是一片廢墟，就像是剛經歷一場浩劫似的。

只聽頭頂的天花板上傳來一陣晃動的異響，抬頭一看，只見扎伊單臂吊在大廳內的水晶吊燈上，把價值三十幾萬的水晶大燈搖得左右亂擺。

「萬源，你他媽的給我滾出來！」金河谷實在忍不住了，怒吼道。

萬源叼著雪茄走了出來，嘿嘿笑道：「金大少，你這雪茄不錯，無意中發現的，就是放的時間太久了，有點發霉了，稍微影響了點口感。」

金河谷氣得渾身發抖，指著吊在水晶吊燈上的扎伊，「你！馬上叫這野人給我下來！」

萬源抬頭一看，朝扎伊招了招手，「扎伊，快下來，這兒的主人不高興了。」

扎伊不敢違背萬源的意思，手一鬆，就從天花板上掉了下來，穩穩的落在地毯上。

啪、啪……

扎伊剛落地不久，天花板上名貴的水晶吊燈就落了下來，碎了一地。金河谷那個心疼啊，這房子才借給萬源住沒半月就被搞成這樣了，如果重新裝修，那又得是一筆很大的數目。

扎伊不知道自己犯了錯，還回頭對金河谷咧嘴笑了笑。金河谷目光逼視著萬源，「萬源，這到底是怎麼回事？」

萬源不緊不慢的走到沙發前，坐了下來，「金大少，別那麼大火氣嘛，你讓我們不要亂走，只能待在這屋裏，我可以，但扎伊不行啊，他從小就在叢林裏奔跑，你讓他整天閑著，他不找點事情做做，肯定得發瘋的。我這麼說，你能理解嗎？」

「那你就讓他發瘋好了！」金河谷怒吼道。

萬源臉一冷，「他瘋了？那誰去幹掉姓林的那小子？你去還是我去？」

金河谷不說話了，一屁股坐在沙發上，側著臉，一副怒氣沖沖的樣子。

萬源抽完了雪茄，朝金河谷臉上看了一眼，盯著他鼻子上的膠布看了好久，「鼻子是怎麼了？」

一提這事，金河谷就更加生氣了，「哪來那麼多的廢話，萬源，你別吃我的喝我的住我的卻不幹事，你倒是說說，什麼時候去幹掉林東？」

萬源冷冷道：「咱們不是說好了嘛，你啥時候把身分證拿給我，我就去辦了姓林的那小了。你要想快，那就儘快把我的新身分證辦來。」

金河谷扭頭瞪了他一眼，實在拿萬源這傢伙沒辦法，這傢伙現在就像是黏在他腳底的牛皮糖，甩都甩不掉，實在令他頭疼，但騎虎難下，這條路他只有一直往下走了，「新身分的事情已經在辦了，這事急不來。萬源，看好你的野人，別讓他把我這宅子當森林了。」

萬源點了點頭，「我會約束他的，金老弟，你上次買來的都吃喝得差不多了。」

金河谷指了指門外，「放心吧，我車上帶來了。」說完，起身往門外走去。

萬源跟了幾步，「我幫你一起拿進來。」

金河谷立馬收住了腳步，大聲喝道：「萬源，你給我老實待著，不怕被姓林的發現嗎？」

萬源一聽這話，頭上冒汗，訕訕笑笑，退了回去。

金河谷推門走了出去，呼吸了一下外面的新鮮口氣，恁好的一湖邊豪宅，硬生生被糟蹋成了豬窩，他看了看眼前的湖光山色，直搖頭，只想儘快了結這事，送走這兩個瘟神。

把車內的東西搬進了別墅，金河谷出了一身的汗，萬源給他泡了茶，金河谷卻不想在這種環境中多待一秒鐘，找了個理由，立馬就溜走了。一路開車回了公司，到了那兒，關曉柔瞧他臉色不大好看，沒敢問什麼。

金河谷進了辦公室就反鎖了門，拿起手機給祖相庭打了過去，過了許久，祖相庭才接通了電話，壓低聲音說道：「怎麼了？」

金河谷笑道：「叔叔，在開會麼？」

祖相庭道：「是啊，什麼事？」

「沒什麼，就是問問你，那事辦好了沒？」金河谷隱晦的說道。

祖相庭道：「你有點耐心行嗎？跟你說了，很複雜！」

金河谷笑道：「我知道的，叔叔，朋友催得急，不然我哪敢來問你。」

祖相庭知道他嘴裏的「朋友」就是萬源，冷冷道：「河谷，你最好離你的朋友遠點，不可一再犯錯，否則……」

金河谷不耐煩了，「沒那麼多否則，叔叔，有你在，天塌下來你也扛得住。」

祖相庭哼道：「我個兒可沒你高，大真要是塌了下來，有些事只能由你自己扛！」

「好了，叔叔，不跟你多說了，那事你抓緊點辦。」金河谷笑著掛斷電話，一掛斷就變了臉色，把手機拍在桌子上，怒罵道：「當官了就忘了本是嗎？還敢來教訓老子！忘了是誰把你扶上去了嗎？真是個白眼狼！」

請續看《財神門徒》之十六　梟雄之心

財神門徒 之15 冤家路窄

作者：劉晉成
發行人：陳曉林
出版所：風雲時代出版股份有限公司
地址：105台北市民生東路五段178號7樓之3
風雲書網：http://www.eastbooks.com.tw
官方部落格：http://eastbooks.pixnet.net/blog
Facebook：http://www.facebook.com/h7560949
信箱：h7560949@ms15.hinet.net
郵撥帳號：12043291
服務專線：(02)27560949
傳真專線：(02)27653799
執行主編：劉宇青
美術編輯：許惠芳

法律顧問：永然法律事務所 李永然律師
北辰著作權事務所 蕭雄淋律師

版權授權：蔡雷平
初版日期：2015年12月
初版二刷：2015年12月20日
ISBN：978-986-352-075-7

總經銷：成信文化事業股份有限公司
地　址：新北市新店區中正路四維巷二弄2號4樓
電　話：(02)2219-2080

行政院新聞局局版台業字第3595號 營利事業統一編號22759935

定價：280元　特價：199元

國家圖書館出版品預行編目資料

財神門徒 ／ 劉晉成著. -- 初版-- 臺北市：風雲時代，
2015.04 -- 冊；公分

ISBN 978-986-352-075-7（第15冊；平裝）

857.7　　104015647